ACABUS
Verlag

André Biakowski, geb. 1980 in Halberstadt, wuchs in Wernigerode auf und studierte ab 1999 Malerei und Grafik an der Freien Kunstakademie Nürtingen. Nach einer sich daran anschließenden Ausbildung zum Werbekaufmann und Leitung einiger Kommunikationsprojekte im In- und Ausland lebte er 2009/10 in Lodz (Polen). Mitte November 2012 erschien sein Buch „OBIAD – Mehr als nur Mittagessen". In ihm schildert er in Briefform seine Begegnungen mit den letzten polnischen Überlebenden unterschiedlicher Ghettos sowie Konzentrationslager. In seinem Buch „RANDNOTIZEN – Es ist nie, wie man denkt", erschienen Mai 2014, versucht der Autor in vier Erzählungen hinter das im Alltag flüchtig Gesehene oder in der Zeitung Überflogene zu blicken und die Protagonisten selbst über ihr Leben sprechen zu lassen. André Biakowski schreibt und lebt als Autor in Reutlingen.

André Biakowski

RANDNOTIZEN

Es ist nie, wie man denkt

- Erzählungen -

Mit einem Vorwort von Max Schautzer
und einem Nachwort von Irene Rindje

ACABUS
Verlag

Biakowski, André: Randnotizen – Es ist nie, wie man denkt. Erzählungen, Hamburg, ACABUS Verlag 2014

Originalausgabe
ISBN: 978-3-86282-283-6

Dieses Buch ist auch als eBook erhältlich und kann über den Handel oder den Verlag bezogen werden.
PDF-eBook: ISBN 978-3-86282-284-3
ePub-eBook: ISBN 978-3-86282-285-0

Lektorat: Alina Bauer, ACABUS Verlag
Umschlaggestaltung: wintergerst & faiss, Reutlingen

Der ACABUS Verlag ist ein Imprint der Diplomica Verlag GmbH, Hermannstal 119k, 22119 Hamburg.

Bibliografische Information der Deutschen Nationalbibliothek:
Die Deutsche Nationalbibliothek verzeichnet diese Publikation in der Deutschen Nationalbibliografie; detaillierte bibliografische Daten sind im Internet über http://dnb.d-nb.de abrufbar.

http://www.acabus-verlag.de
Printed in Europe

Für Matusz

Der Tangotänzer von Buenos Aires

Ein Vorwort von Max Schautzer

Was haben ein Obdachloser, ein Priester, ein Flaschenpfandsammler und ein Strichjunge gemeinsam? Sie erregten die Aufmerksamkeit eines Autors, der mit geschärftem Blick nicht weg-, sondern genau hinschaute. Ihn interessierte mehr als nur der oberflächliche Eindruck. André Biakowski praktiziert Menschlichkeit, indem er sich dem Nächsten zuneigt. Humanität ohne Toleranz und Menschenliebe ist allerdings unmöglich. Und diese Eigenschaften prägen auch die vorliegenden Erzählungen. In meist kurzen und prägnanten Sätzen beschreibt der Autor Begegnungen mit sehr unterschiedlichen Individuen. Diese Skizzen zeichnen ein ganzheitliches Bild von Menschen, die uns in ihren Bann ziehen. Und wir merken, wie unsere Vorurteile, unsere klischeehaften Vorstellungen und Fantasien zerbröseln. Es ist nie, wie man denkt. Der Autor hat Recht. Und er beweist es eindrucksvoll.

Der immer wieder gern zitierte Antoine de Saint-Exupéry hat geschrieben: „Man sieht nur mit dem Herzen gut. Das Wesentliche ist für die Augen unsichtbar." Diese Sichtweise hat sich auch Biakowski angeeignet. Schon in seinem Buch „OBIAD – Mehr als nur Mittagessen" beeindruckte er uns Leser mit Beschreibungen von ergreifenden Begegnungen und intensiven Gesprächen mit Zeitzeugen, den letzten Überlebenden des Holocaust. Ein junger und zugleich mutiger Autor blickte hinter die Kulisse der Geschichte. Dank seiner Briefe bekam ein düsteres Kapitel deutsch-polnischer Geschichte Gesichter.

Gesichter sind es auch, die André Biakowski in seinem neuen Buch anregten, die Geschichte dahinter zu erfahren. Den wahren Menschen im Menschen zu sehen. Das setzt aber bei jedem einzelnen echte Zuneigung und ein großes Maß an Vertrauen voraus. Er hat sich dazu vier Lebensmodelle ausgesucht. Die Fragen, die er sich stellte, gingen auch mir schon unzählige Male durch den Kopf: Welches Schicksal hat diesen Obdachlosen wohl aus der Bahn geworfen? Wie werden Priester mit dem Diktat des Zölibates fertig? Was brachte den alten Mann dazu, in Abfallkörben zu wühlen und nach Pfandflaschen zu suchen? Wie tief muss man sinken, um seinen Körper an Freier zu verkaufen?

Wie leicht kommen uns bei solchen Problemen Vorurteile in den Sinn. Ein Vorurteil setzt aber immer Urteile voraus. In seinen Erzählungen übernimmt der Autor das Plädoyer. Er hat es sich hart, aber einfühlsam erarbeitet. Es ist nicht einfach, derartig Geschundenen Fragen zu stellen, die sie auch beantworten wollen. Aus eigener Erfahrung – ich hatte mein Büro in der Nähe eines Obdachlosentreffs – weiß ich, wie lange es dauert, bis sich beispielsweise ein Obdachloser öffnet und ehrlich die Geschichte seines Lebens erzählt. Wenn er sie preisgibt, sitzt oft Bruder Alkohol dabei und flüstert ihm Lügen ein. Ich war oft enttäuscht, versuchte es aber immer wieder. Irgendwann war dann der Punkt erreicht, wo das gegenseitige Vertrauen ihn dazu brachte, mir sein Herz auszuschütten.

Was bei allen Erzählungen in diesem Buch eine große Rolle spielt, ist die Achtung der Würde. Ich werde nie den Tangotänzer auf einer Straße in Buenos Aires vergessen. Er war weit über achtzig Jahre alt und hatte einen zwar gut sitzenden, aber doch sehr verschlissenen Anzug an. Wahrscheinlich war es der einzige, den er besaß. Dazu trug er einen ebenso abgewetzten Hut. Mit welcher Grandezza und für sein Alter erstaunlichen Körperspannung er mit seiner Partnerin tanzte, war beeindruckend. Der Mann hat sicher bessere Zeiten erlebt, seine Würde aber auch als Straßenkünstler nicht verloren. Ich hätte gerne mehr über sein Leben erfahren. Aber, wie es halt so ist, man geht weiter. Immerhin ist er mir unvergessen geblieben.

Um noch einmal auf das einigende Band der beschriebenen Lebensmodelle zurückzukommen: Für mich ist es die Menschlichkeit. Die Verwirklichung von mehr Menschlichkeit im Leben sollte neben der Persönlichkeitsfindung ein wesentliches Ziel unseres Lebens sein. Wir leben in einer Welt, in der wir zunehmend voneinander abhängig sind, uns aber gleichzeitig vermehrt gegeneinander einsetzen. Wo bleibt da die Menschlichkeit?

Bei unserer Geburt tragen wir das Menschsein in uns. Was sich daraus entwickelt, ist aber häufig nur ein Abbild, das zwar die Sprache des Menschseins nachahmt, das Herz des Menschen aber verraten hat. Dann geschieht das, was der englische Dichter Edward Young schon im 18. Jahrhundert beschrieben hat: „Wir werden als Originale geboren, sterben aber als Kopien."

Einleitung

Ein Mann sitzt auf seinem Schlafsack am Boden. Vor ihm ein Pappbecher. Im Hintergrund der Unterführung in Großbuchstaben der Schriftzug „KULTURPLATZ“ – ein Bild, das per se schon Fragen aufwirft. Und doch dauerte es einige Zeit, bis ich es auf meinem morgendlichen Weg ins Büro überhaupt wahrnahm. Es als kurze Notiz auf einem Kassenbon aus dem Geldbeutel festhielt. Geschrieben mit krakeliger Schrift am Rande: „Wie viel Kultur steckt in uns, wenn wir an einem Mann auf seinem Schlafsack achtlos vorbeirennen? So, als wenn wir ihn nicht sehen würden. Wer ist er?“

Die Szene brannte sich in meinen Kopf ein. Der Mann. Hat er Familie? Ich begann, ihn jeden Morgen im Vorbeigehen, aus sicherer Entfernung, für einen kurzen Moment zu beobachten, immer einen anderen Aspekt an ihm wahrzunehmen. Seinen müden Augenaufschlag, vergilbte Finger, die in Zeitlupe versuchten, steif eine Zigarette zu drehen. Ich versuchte, Worte für das Gesehene in meinen Notizen zu finden und scheiterte, weil ich nichts von dem verstand, was ich täglich auf meinem Weg zur Arbeit sah.

Was ist eigentlich Obdachlosigkeit? Aus dem Bühnenbild unserer Gesellschaft, dem „KULTURPLATZ“ in der Unterführung, schälte sich mehr und mehr ein Mensch, den ich verstehen wollte. Warum sitzt ein Mensch auf dem kalten Boden? In einer Unterführung? Keiner wird obdachlos geboren. Wählt ein Mensch wirklich bewusst die Obdachlosigkeit? Oder bleibt ihm letztlich keine Wahl?

Eines Tages hörte ich ihn auf Polnisch fluchen. Die grauen Krücken neben ihm auf dem Boden. Ich fasste mir Mut und sprach ihn auf Polnisch an. Keiner der Passanten verstand mich, doch er lächelte. Von da an grüßten wir uns jeden Morgen. Ich überwand meine Angst, wie vor einem bissigen Hund. So erfuhr ich einiges, was ich nicht sah. Nicht wusste. Zu Hause begann ich meine Notizen ins Reine zu schreiben. Wurde von Tag zu Tag mutiger und unsere Gespräche intensiver, mehrschichtiger. Im Schreiben, allein mit den Fragen, wurde ich von meinen Gedanken gezwungen, mir Vorurteile einzugestehen. Versuchte, mich in ihn hineinzuversetzen – selbst auf dem Boden sitzend – und mich zeitgleich als einen an mir vorbeilaufenden Passanten zu hinterfragen. Ein Experiment.

Eigentlich hatte ich nie vor, ein Buch wie das nun vorliegende zu schreiben. Doch die Begegnungen mit dem Obdachlosen in der Unterführung rüttelten mich auf und schärften den Blick auf meine Umgebung. Auf meine eigenen Meinungen. Ich klagte mich an: wie schnell ich über Menschen urteilen würde, ohne ihre Lebensgeschichten zu kennen. Ohne wirklich etwas zu wissen. Ich begann zuzuhören, zu recherchieren. Und plötzlich entstand aus meinen Textfragmenten ein Konzept für dieses Buch. Vier in sich abgeschlossene Erzählungen zu den Themen: Obdachlosigkeit, Zölibat, Pfandflaschensammeln und Straßenstrich. Doch wie schreiben, um diesen Themen, den Menschen mit ihren Lebensrealitäten dahinter, gerecht zu werden? Es ging mir nicht darum, wie ein Sensationsreporter, persönliche Schicksale zu zerpflücken, nur damit der Leser ein schlechtes Gewissen entwickelt. Nein,

Absicht dieses Buches ist es, ein Dahinter des ersten Eindruckes sichtbar zu machen. Wissen wir beispielsweise wirklich, was es für einen katholischen Pfarrer bedeutet, im Geheimen zu lieben? Wie es sich für seine Freundin anfühlen muss, nicht öffentlich an seiner Seite leben zu dürfen? Sie sich jedes Wort zu ihm vor Anderen überlegen muss? Was es bedeutet, wenn sich etwa die eigene Ambivalenz zwischen den Beruf und die Liebe schiebt, die doch das Leben bejahen soll? „Das haben doch beide vorher gewusst!", „Doppelmoral!" oder „Typisch katholische Kirche!", sind mir als Antworten zu wenig. So leicht dürfen wir es uns nicht machen. Liebe darf nicht sanktioniert werden. Und genau hier beginnt das konstruktive Hinterfragen. Ist das Pflichtzölibat wirklich ein Qualitätskriterium für einen guten und moralisch handelnden Priester? Oder spaltet es den Menschen? Erzwingt es nicht die Lüge für einen Priester, der Gottes Gegenwart in der partnerschaftlichen Liebe – in einer Beziehung – erfährt? Wäre es vielleicht sinnvoller, ein freiwilliges Zölibat einzuführen und würde nicht die katholische Kirche, die Gemeinden, hinsichtlich immer längerer Vakanzen, davon profitieren, wenn der Beruf dadurch für den Priesternachwuchs attraktiver würde? Wie zeitgemäß ist das Pflichtzölibat heute noch? Wie lauten die Argumente dafür und welche sprechen dagegen?

In meinen Gesprächen mit den Protagonisten der zweiten Erzählung diskutierte ich genau diese Fragen immer aus zwei Perspektiven. Aus seiner als Priester und aus ihrer, die ihn einfach nur lieben dürfen wollte. In jedem ihrer Worte spürte ich den Schmerz und die Sehnsucht, den Wunsch nach einem gemeinsamen UNS. Um beide zu schützen und über ihre Lebenssituation schreiben zu können, musste ich den Handlungsort in eine andere Diözese verlegen und die Namen ändern.

Vier Erzählungen. Vier verschiedene Lebensmodelle. Viermal die Frage nach Würde. Ein Mann leuchtet mit seiner kleinen schwarzen Taschenlampe in einen Mülleimer, beugt sich über die runde Öffnung und zieht eine Plastikflasche heraus. Routiniert lässt er sie in seinem Beutel verschwinden und geht zum nächsten Abfalleimer. Pfandsammler. Oder wie nennt man einen solchen Mann, ohne ihn zu diskriminieren? Trägt er noch so etwas wie Selbstachtung in sich? Nein! Erschreckend, wie schnell mein vernichtendes Urteil aufgrund des ersten Eindrucks über ihn gefällt ist. Mich begann dieser Mann zu beschäftigen, weil ich mir sein Leben nicht vorstellen konnte. Ich beobachtete ihn oft am Stuttgarter Bahnhof. Notierte Gesehenes. Die Art, wie er eine Flasche kurz nach oben hielt, um zu sehen, ob noch ein Schluck darin sei. Seine Kleidung gebraucht, das Gesicht gezeichnet. Ich sprach ihn an. Anfänglich etwas irritiert begann er zu erzählen. Von seiner Frau, dem Sammeln und was für ihn Würde bedeutet. Seine Worte passten nicht zu seinem ersten Eindruck, zu meinem Urteil, und ich begann zu schreiben.

Wenn wir hinter die Kulissen schauen, hinterfragen würden, so würden wir gewinnen. An Weitsicht. An Menschlichkeit. An Ehrlichkeit uns selbst gegenüber. Ich denke, wir machen es uns zu leicht, wenn wir das Leben der Anderen bewerten, auch indem wir absichtlich wegsehen, und unser eigenes als höchste Maxime für andere nehmen. Die Norm, aus der ein Mensch fallen könnte, gibt es nicht. Wir, die es sich leisten können, bestimmen sie immer für andere. Was mich am meisten in den vielen Gesprächen und Recherchen zu dem vorliegenden Buch erstaunte, war die Intensität, mit der die Protagonisten auf ihr eigenes Leben schauten. Sich selbst hinterfragten. Es fiel mir oft sehr schwer, das Gehörte niederzuschreiben, weil die Offenheit und Ehrlichkeit ihrer Worte mich fast erdrückten, ich das alles so nicht wusste.

Ein Mann, heute 35 Jahre alt, floh mit seiner Mutter und seinen drei Brüdern aus dem umkämpften Sarajevo. Sein Vater starb bei einem Angriff. 1993. Krieg. In Deutschland angekommen verstand er kein Wort, ist plötzlich der Älteste einer bosnischen Familie. Aus einfachen Verhältnissen stammend, will er schnell legales Geld verdienen und verkauft letztlich seinen Körper an Männer, obwohl er sich nach einer Freundin sehnte. Er lässt die Berührungen der Zahlenden über sich ergehen und träumt von seinem Sarajevo. Von einer Rückkehr. Es dauerte eine ganze Weile, bis er mir gegenüber über diese Zeit sprechen konnte und ich versprach ihm, seine Geschichte niederzuschreiben. Gemeinsam mit ihm.

Ich danke allen Personen, die mich ermutigt haben, die vier vorliegenden Erzählungen auf Basis meiner persönlichen Randnotizen zu veröffentlichen. Besonderer Dank gilt den Protagonisten meiner Erzählungen, die mir ihr Vertrauen schenkten und sehr offen über ihre Lebensrealität sprachen, mir erlaubten darüber zu schreiben und damit dieses Buch erst möglich machten. Das ist nicht selbstverständlich. Ich würde mir wünschen, dass dieses Buch dazu beitragen kann, uns nicht vom ersten Eindruck oder einer oberflächlichen Meinung zu einem Urteil über Andere verführen zu lassen, sondern zu versuchen, den Menschen dahinter zu sehen. Dass wir beginnen genauer hinzusehen, zu hinterfragen, um dann schließlich festzustellen: Es ist nie, wie man denkt.

Kleingeldgnade – Begegnungen mit Matusz

Mir ist kalt, der Boden hart. Ziehe den Schlafsack bis zum Kinn und versuche zu schlafen. Hastige Schritte eilen an mir vorbei. Das rhythmische Klack-Klack der Absätze verrät es: Frauenschuhe. Lange Schritte in Eile. Schnell verhallen sie im Nichts. Öffne die Augen und setze mich zusammengekauert auf meine Pappe. Bin allein. Keine Taube. Kein Passant. Nur ich und das 80er-Jahre-Orange der Unterführungswände. In meinem Kopf dreht sich alles. Der heutige Tag. Die vielen Blicke. Mein Leben. Mein Damals ersäuft im Jetzt. Nehme einen Schluck von der abgestandenen Sangria neben mir. Tetrapack. Der süße Geruch Spaniens mischt sich mit dem Nikotingeschmack aus meinem Bart. Neben mir meine Krücken und um mich herum nur das monotone Brummen der Neonröhren sowie die Zeit mordende Stille. Beginne die orangenen Vertäfelungen an den Wänden zu zählen. Drücke mich auf meinen Krücken nach oben, versuche aufzustehen und streife meinen kokonartigen Schlafsack über die Beine nach unten ab. Schlurfe zum Mülleimer am anderen Ende der Unterführung. An der Wand plakativ die Aufschrift „KULTURPLATZ". Großbuchstaben. Auf der fleckig gelben Oberfläche eines Mülleimers liegen ausgedrückte Zigarettenstummel. Bräunlich hat sich ihre Glut in den gelben Lack gebrannt. Angestrengt pule ich mit zitternden Fingern aus mehreren den Resttabak heraus. Man hätte die Zigaretten gut und gerne noch zwei, drei Züge rauchen können, bevor man sie ausdrückte. Ziehe aus meiner rechten Anoraktasche ein Zigarettenpapier, streiche es an der Wand glatt und drehe mir aus dem selbstgepulten Gratistabak eine Zigarette. Ziemlich dünn. Die Kippe im Mundwinkel, taste ich meine Hose nach Feuer ab. Nichts. Genervt stopfe ich meinen Schlafsack in die große NORMA-Tüte und mache mich auf den Weg, um irgendjemanden zu treffen, der Feuer haben könnte. Bloß nichts auf der Pappe zurücklassen! Was auch schon? Gehe Richtung Bahngleise. Tagsüber wimmelt es hier nur so von Menschen, die zur U-Bahn hetzen, beim Bäcker für einen Kaffee im Pappbecher anstehen oder vom Stuttgarter Bahnhof aus in einem der Züge nach Irgendwo fahren. Ich bin allein mit mir. Stille, obwohl meine Erinnerung mit Hektik geschwängert ist. Um 7.00 Uhr macht der Bäcker in meiner Unterführung auf. Dann erwacht Stuttgart.

„Feuer?", frage ich einen vorbeirennenden Mann mit knallblauen Kopfhörern und strecke ihm zur Unterstreichung meiner Worte die Selbstgedrehte entgegen. Er bleibt kurz stehen, verzieht den Mund: „Nä!" und läuft weiter. „Wie spät?", rufe ich ihm blitzschnell hinterher, ohne Hoffnung, dass er mich hören könnte. „1.05 Uhr!" Humple auf meinen Krücken in Richtung Gleise. Stufen! Die Rolltreppe steht still. Jeder Schritt, jedes Hochdrücken auf den Krücken ein Kraftakt. Schniefe tief durch die tropfende Nase. Der Bahnhof scheint zu schlafen.

Speichel weicht das Papier meiner Kippe auf. Die Schlaufen meiner Plastiktüte schneiden sich ins Handgelenk. Versuche den geriffelten Bund des Anorakärmels darunter zu schieben. ‚Wenn du auf der Straße lebst, darfst du nichts zurücklassen, sonst ist alles weg!', geht es mir durch den Kopf. Humple an den großen Abfahrtstafeln der Bahn vorbei. 1.35 Uhr, Gleis 9, Nightliner. Ziel: Paris.

Seit meinem Unfall kann ich nicht mehr laufen, humple und ziehe das rechte Bein steif nach. Bleibe stehen. Huste. Meine Oberarme zittern, gestützt auf die Krücken, bei jedem Schritt. Humple weiter bis zum ‚Pariser Gleis'. Vielleicht hat jemand Feuer. Will endlich eine rauchen. „Feuer?", spreche ich eine Frau mit geflochtenen, schwarzen Haaren an. Sie schüttelt bei meinem Anblick irritiert den Kopf und hält sich zum Schutz vor weiteren Gesprächsversuchen das Handy ans Ohr. Dreht mir den Rücken zu und mimt ein Telefonat.

„Sie? Feuer?", gehe ich weiter, hin zu einem auf der Bank sitzenden Mann.

„Du feu?", fragt er. Nur an der Daumenbewegung für Feuerzeug verstehe ich ihn.

„Ja!" Endlich! Der erste Zug. Der Tabak schmeckt gebraucht. Lange behalte ich jeden einzelnen Zug in mir und setze mich neben den Mann. Sofort steht er auf, nimmt seine Reisetasche und steigt in den Nachtzug nach Paris. Lehne mich zurück und schaue zu, wie Reisende – gut gekleidete – in ihre Waggons einsteigen. Ein Pärchen gibt sich einen Kuss. Sie steigt ein. Er nicht. Langsam trennen sich ihre Hände voneinander. Fingerkuppen liegen für einen Moment sehnend in der Luft. Die Türen schließen und der Zug fährt an. Ich bin wieder allein und suche mir einen Platz zum Schlafen.

Es ist jeden Morgen das Gleiche! Der Wecker klingelt und sofort beginne ich, mit der Zeit zu verhandeln: Wenn ich zum Frühstück nur einen Orangensaft tränke, dann könnte ich noch fünf Minuten länger liegenbleiben. Pulli statt Hemd bringt weitere 10 Minuten zum Dösen. Müsste es erst noch bügeln. Natürlich habe ich die Zeit am Vorabend vorgestellt. Somit klingelte der Wecker etwas früher, und es ist noch nicht so spät, wie beim Aufwachen angezeigt. Da ich diese Logik im Halbschlaf noch nicht verstehe, falle ich jeden Morgen erneut darauf herein. Meine erste Heldentat des Tages: die kleine Körperdrehung zur Bettkante und das damit verbundene Verlassen meiner kuscheligen Komfortzone. Ich bin Langschläfer. Duschen, Zähneputzen, es ist wie jeden Tag. Radio an. Die Kaffeemaschine röchelt das Ersehnte aus ihren Düsen direkt in meine Tasse. Vollautomat. Guten Morgen! Wenig Zeit zum Schwelgen am Küchentisch. Der Zug wartet nicht. Fahrzeit circa 40 Minuten. IRE. Ziel: Stuttgart.

Ich sitze am liebsten in Fahrtrichtung – am Fenster – und möchte nicht angesprochen werden. Morgens ist meine Zeit, um Gedanken nachzugehen. Ich mag es nicht, wenn das Abteil so voll ist, dass meine Knie beim Sitzen die meines Gegenübers berühren. Aber so ist es immer. Pendlerzug. Tübingen-Stuttgart. Kopfhörer in die Ohren. Clueso. Track 9: „Sie ist immer da, wo was los ist. Immer mitten in der Stadt. Dort, wo die kleine Welt ganz groß ist, sieht sie sich an den Lichtern satt ...“, singe ich mit geschlossenen Augen lautlos den Text mit. Nur meine Lippen bewegen sich. Minimal. Bin mit jedem Wort Clueso. „... Doch wenn man ihr erzählt, welchen Traum sie lebt, dann spielt sie gleich verrückt ...“, sauge ich jeden Vers in mich auf. Bin in meiner Welt voller intensiver Texte. Mit geschlossenen Augen ist sie perfekt.

Krächzend reißt mich eine Frauenstimme aus meiner morgendlichen Hymne und sagt in routiniertem Sing-Sang die Haltestelle an: „Stuttgart Hauptbahnhof. Endstation ...“ Hotspot der Eile. „... bitte alle aussteigen!“ Passanten und Reisende wimmeln mit ihren Koffern, Ameisen gleich, auf den Gleisen umher. Ich mittendrin. 8.41 Uhr. Beginne in meinem Kopf den heutigen Arbeitstag zu strukturieren. Dienstbeginn 9.00 Uhr. Kürzester Weg zum Büro. Unterführung Arnulf-Klett-Platz. Ausgang Kriegsbergstraße. Reihe mich in den Gleichstrom ein. Neonröhren reflektieren sich in den orangeverkleideten Wänden. Am Boden sitzen Obdachlose auf abgewetzten Reisetaschen oder Pappen. Vor jedem ein leererer Becher. Kaffee to go. In ihnen Kleingeld vielleicht bis zur Espressomarke. „Guten Morgen!“, ruft mir beim Vorbeigehen ein Obdachloser zu. Bin im Kopf bereits im Büro: 10.00 Uhr Meeting. Werfe ihm aus sicherer Entfernung 20 Cent in seinen Pappbecher und laufe im Stechschritt an ihm vorbei.

Die Nacht war kalt. Hätte man mich in der Unterführung beim Schlafen erwischt, so hätte ich wieder die Polizei am Hals. „Guten Morgen!“ „Guten Morgen!“, grüße ich jeden einzelnen Passanten. Die wenigsten nehmen Notiz von mir. Ein Mann wirft mir aus sicherer Entfernung Geld in meinen Pappbecher. Grinst gönnerisch. 20 Cent. Zwei Münzen. „Danke! Danke schön!“, rufe ich ihm nach. Nachts wie ausgestorben, ist meine Unterführung am Morgen die pulsierende Ader Stuttgarts. Zwischen 7.00 und 9.00 Uhr kommen die großen Ströme: Männer in Anzügen und Mänteln, Frauen in Kostümen mit ihren klackenden Schuhen. Schüler. Alle laufen in einer Parade der Ignoranz an mir vorbei. Schütte den Inhalt des Pappbechers in meinen Handteller. Dass es nicht viel ist, sehe ich auf einen Blick. 2,52 Euro. Müde und mit stechenden Schmerzen in der Hüfte stopfe ich wie jeden Morgen meinen Schlafsack in die Tüte, stemme mich von meiner Pappe nach oben und hinke Schritt für Schritt auf den kleinen Bäckerladen in der Unterführung zu. Eigentlich nicht weit, vielleicht 40 Meter, doch jeder Schritt ist ein Kraftakt ist. Runzle die Stirn und kämpfe gegen den Schmerz an.

Die Frau hinter der Bäckertheke sieht mich sofort. „Gehen Sie! Hier wird nicht gebettelt! Bitte gehen Sie!" Ich will nicht betteln. „Nur einen Kaffee!" Strecke ihr meine Münzen auf dem Handteller entgegen. „Ich bediene gerade. Das sehen Sie doch, oder?" Kunden rümpfen die Nase und verlassen den kleinen Laden. „Mit Milch und Zucker?", fragt sie schroff über die schützende Theke. Sie muss mich bedienen. Ich bin Kunde. Habe Geld. Impulsiv stellt sie meinen Kaffee im Pappbecher auf die Theke und kippt lieblos Milch und Zucker hinein. „Mehr?" Nein, winke ich mit der Hand ab. Meine rechte Krücke fällt dabei zu Boden. Langsam und mit Schmerzen bücke ich mich, um sie aufzuheben. Nur aus dem Augenwinkel sehe ich, wie sie die Arme vor der Brust verschränkt und mit den Augen rollt. „Krieg' noch 'nen Euro!", schlägt mich ihr verachtender Unterton.

Auf der Straße zu leben bedeutet, sich überall legitimieren zu müssen. Gehen die Anderen in einen Laden, so werden sie mit einem Lächeln nach ihren Wünschen gefragt. Gehe ich in einen Supermarkt, bin ich Luft, obwohl mich alle mustern, bewerten und glauben, ich würde es nicht sehen. Doch schlimmer als ihre Blicke ist das Gefühl, in ihren Augen kein Mensch mehr zu sein. Abgeschrieben zu werden. Mein Tetrapack-Wein, das Päckchen Tabak sowie die nikotinvergilbten Finger bestätigen ihnen ihr Bild von mir: Ein Penner. Früher hatte ich Freunde. Wir trafen uns oft. Kickten. Spielte rechts außen. Doch wenn du nichts mehr hast, hast du auch niemanden mehr. Alles verlierst du, sogar die Privatsphäre, die doch alle so schützen. Auf der Straße ist dafür kein Platz. Die Straße ist kalt und hart. Warum möchte der Mensch nur immer Gewinner sein?

Nachdem ich es geschafft habe, meine Krücke aufzuheben, zahle ich meinen Kaffee und sehe in den Augen der Verkäuferin nichts als Häme. Ich gehe. Sie blickt mir nach, glaubt, ich würde ihre Blicke nicht sehen, doch sie sitzen mir im Nacken und verpassen mir einen Genickschuss. Lehne mich an die Wand der Unterführung und trinke meinen Kaffee. Er brennt auf den aufgeplatzten Lippen. Kleine Schlucke bis zum letzten. Stelle den Becher auf den Boden und verlasse die Unterführung. Die letzten Meter. Rollband. Dann bin ich draußen. Frische Luft. Königstraße. Die Sonne scheint. Es ist Tag.

Menschen hetzen an mir vorbei. Telefonieren. Und ich? Ich stehe ohne Ziel mittendrin. Gehöre hier nicht her. Gehöre nirgendwo hin. Kann mich nicht in Luft auflösen. Mich gibt es wie den Schmerz in meinen Beinen, in meiner Hüfte. In dem verdammten Kopf! Sehne mich nach mir selbst. Nach der Zeit, als ich für andere noch einen Namen hatte. Humple langsam zu einer Hauswand, lasse meine Krücken fallen und setze mich auf meinen Schlafsack in der Tüte. Reibe mir Stirn und Augen. Alles zittert in mir. Ich muss etwas trinken. Kneife die Augen zusammen. Weiß, ich sollte nicht. Muss.

„Haben Sie 'ne Zigarette für mich?", frage ich einen vorbeilaufenden jungen Mann mit Rastazöpfen.

„Hier, kannst dir eine drehen, wenn du magst!" Freundlich reicht er mir Tabak und Papers herab. „Brauchst 'nen Filter?"

„Nein, nein!"

„Dreh' mir noch eine für später. Darf ich?"

„Klar, Mann! Mach!"

„Feuer?"

Zitternd halte ich mir die Zigarette an die Lippen und ziehe tief. Die zweite klemme ich mir hinters Ohr.

Einen Pappbecher habe ich immer in der Anoraktasche. Zerdrückt, aber ich biege ihn immer wieder hin. Es ist mein Becher. Stelle ihn vor mir auf den Boden und warte, ob mir jemand etwas gibt. Wie jeden Morgen in der Unterführung ziehen auch auf der Königstraße alle an mir vorbei. Sie sehen mich nicht oder wollen mich nicht sehen. Ich bin Luft. Und wenn sie mich im Vorbeigehen registrieren, dann sehen sie nur, dass ich auf dem Boden sitze und meine Krücken, doch niemals mich. Wissen nicht, was ich denke. Dass ich denke. Was hinter der für sie sichtbaren Fassade steckt. Und wenn sie mir etwas Kleingeld in meinen Pappbecher werfen, glauben sie, dass ich aus Dankbarkeit ihre entwertende Art nicht bemerken würde. Aber ich sehe es oft in ihren Gesichtern, dieses gönnerische Grinsen. Es geht ihnen nicht um mich, sondern darum, dass sie sich im Vorbeigehen freikaufen. Ihre Gnade meint nicht mich. Sie ist nicht ehrlich. Wäre sie es, würden die Menschen mit mir reden. Nicht wie einem Straßenköter etwas vor die Füße werfen. ‚Kleingeldgnade', wie ich dich verabscheue! Appetithappen der Gesellschaft, der du lechzen lässt, den Hunger aber niemals stillen wirst. Seit ich auf der Straße lebe, Platte mache, entfernt sich mein Äußeres immer mehr von meinem Inneren. Äußerlich mag ich zu Grunde gehen, gesundheitlich mit Sicherheit auch, doch innerlich bin ich ein Mensch geblieben, der denkt. Oft zu viel.

Eine Mutter mit Kind bleibt vor mir stehen und sucht etwas in ihrer großen Handtasche.

„Mami, der Mann riecht aber komisch!"

„Lara, komm, wir gehen."

Lange schaut mir das Kind über die Schulter nach. ‚Alles Gute!', wünsche ich ihr in Gedanken. ‚Lara!', wiederhole ich still ihren Namen.

Was werfen mir die Menschen eigentlich vor? Früher dachte ich, das könnte mir nie passieren, auf der Straße zu landen. Ich doch nicht – niemals! Und heute sitze ich auf der Königstraße. Doch eines habe ich verstanden: Karriere, ich habe mal dafür gelebt, ist die Antwort auf die Angst selbst fallen zu können!

12.00 Uhr: Endlich meine Mittagspause! Klappe den Laptop zu und verlasse das Büro. Heute morgen musste es schnell gehen und so habe ich mir nichts zu Essen eingepackt. Hunger! Weiß nicht, was ich essen soll. Vielleicht ein belegtes Brötchen mit Camembert und Salat? Oder etwas Warmes? Vielleicht ... ‚Döner!', jagt es mir durch den Kopf. Genau in diesem Moment kleidet sich mein Gaumen mit dem Geschmack von Dönerfleisch, Salat und Soße aus. Treibt mein Verlangen ins Unermessliche.

Mache mich auf den Weg. Die nächste Dönerbude: Königstraße. Anstehen.

„Mit allem?"

„Ohne Kraut und Zwiebeln bitte!" Habe noch einen Kundentermin.

„Soße?"

„Ja, bitte! Aber die ohne Knoblauch!" Wieder vergessen, Kaugummis zu kaufen.

Der erste Bissen ist der Beste. Setze mich auf eine Bank. Bloß nicht kleckern, geht es mir durch den Kopf. Habe es bis heute noch nie ohne geschafft. Und wenn's beim letzten Bissen geschieht, es gelingt mir immer. Der letzte Bissen ist der ‚Bissen der Erkenntnis': Wieder zu schnell und zu viel gegessen.

Jetzt, da meine Aufmerksamkeit nicht mehr dem Essen gilt, bemerke ich auf der gegenüberliegenden Seite der Fußgängerzone den Mann von heute Morgen aus der Unterführung. Luftlinie höchstens 50 Meter. Vorbeilaufende Passanten versperren mir die Sicht und so sind es nur kurze Blicke auf die Szene. Er sieht mich nicht. Träge hängt sein Kopf vor der Brust. Die Krücken parallel neben ihm auf dem Boden. Es ist ein Wunder, dass nicht einer der vielen Passant im Vorbeigehen seinen Pappbecher umstößt. Bleibe in sicherer Entfernung und lasse meinen Gedanken freien Lauf. Eigentlich weiß ich nichts über Obdachlosigkeit. Ich habe keine Ahnung, wie es ist auf der Straße zu leben. Habe ein Zuhause, wo ich ich sein kann. Wie wird man obdachlos? Setzen sich Obdachlose der Straße aus oder werden sie von verschiedenen Lebensumständen auf die Straße gesetzt? Scanne mein bisheriges Leben nach Situationen, die mich aus der Bahn hätten werfen können. Erinnere mich gut an die Zeit, in der ich eine Bewerbung nach der anderen schrieb und nur Absagen erhielt. „Wir bedanken uns für das mit Ihrer Bewerbung verbundene Vertrauen in unser Unternehmen. Wir müssen Ihnen aber zu unserem Bedauern mitteilen, dass wir uns für einen anderen Bewerber entschieden haben ..." Es war immer das Gleiche: bewerben, Absage, hoffen. Erinnere mich an die Leere in mir. Ich hatte es schriftlich: SIE NICHT! Höflich, doch es tat weh. Ich muss an meine letzte Trennung denken. In mir starb etwas, nur meine Hülle lebte weiter. Meine Erinnerungen an die schönen Stunden sowie die Erkenntnis, dass es keinen gemeinsamen Morgen mehr geben sollte, zerrissen mich wie ein Stück Papier. Werde nachdenklich und schlendere zurück ins Büro. Auch ich hätte auf der Straße landen können. Die Leere in mir war so groß, dass niemand mehr hineinpasste, bis auf ganz Wenige. Gute Freunde. Aber nur sehr wenige. Was wäre passiert, wenn sie mich nicht aufgefangen hätten? Ich wäre gefallen und mit Sicherheit hart auf dem Boden aufgeschlagen. Ende der Mittagspause.

Gesellschaftlich betrachtet bin ich auf der Straße tot, für meine Umwelt gestorben. Sitze auf meiner Pappe und versuche, meine Gedanken zu ertrinken. Doch sie können schwimmen, wollen ausgesprochen werden. Aber zu wem? Schließe die Augen. Würde mich am liebsten selbst verschlucken. Wäre in mir, ohne sein zu müssen. Nur ich für mich. Ohne die Droge Geld. Sie bestimmt alles. Diktiert den Hunger, ist Barometer des Erfolgs, Pass der Anerkennung, Auslöser des Sturzes.

Es beginnt zu nieseln. Tropfen berühren meine Stirn sanft und in mir regnen sich graue Wolken ab. Passanten spannen ihre Schirme auf. Hunger! Versuche, mich auf meinen Krücken vom Boden hochzudrücken, doch mein Körper will nicht. Knote die Träger meines Kissens zusammen. Meine Finger machen was sie wollen. Der Schlafsack darf nicht nass werden! Humple die Königstraße in Richtung Leonhardskirche hinauf. Vesperkirche. Dort ist es warm. Dort darf ich sein und bin nicht nur. Was wird es heute geben? Suppe? Ja, Suppe wäre gut. Bleibe stehen. Lehne die rechte Krücke gegen meinen Bauch und streiche mir die nassen Haare aus dem Gesicht. Der Regen erhellt mich. Huste. Mein Hals brennt wie Feuer. Spucke Schleim auf den Asphalt.

„Hallo! Schön, dass Sie da sind!“ Ich nicke nur. Halte die vielen Menschen nicht aus. Bleibe steif in der Tür stehen. „Es gibt Spaghetti mit Tomatensoße!“ Also keine Suppe! Wärme und der Geruch von angebratenen Zwiebeln locken mich ins Innere. Setze mich an einen Tisch und werde sofort von einer Frau gegenüber beäugt. „Bin die Doris!“ Antworte nicht und schaue nur auf meinen Teller. Will nicht sprechen. Mit niemandem. Warum spricht sie mich überhaupt an? Müssen Spaghetti immer so lang sein? Nach unendlichen Umdrehungen meiner Gabel auf dem Löffel stecke ich mir das Knäuel in den Mund. Wärme durchzieht meinen Körper und lässt mich ankommen. Blicke auf und schaue ihr für den Brauchteil einer Sekunde in die Augen. „Ich bin Matusz“, sage ich leise, als wenn ich mich für meinen Namen schämen müsste. In ihm liegt mein ganzes Leben. Eine Beleidigung für alle, die Matusz heißen. Neben ihr fehlt ein Stuhl und lässt eine Lücke.

„Ich kenn' dich, Matusz!" Kann schon sein, denke ich mir und hoffe, Doris würde nicht weitersprechen.

„Schmeckt es Ihnen?", fragt mich hinter mir eine Frau und legt mir ihre Hand auf die Schulter.

„Hmm", antworte ich mit vollem Mund.

„Sitzt du nicht immer am Kulturplatz? In der Unterführung am Bahnhof?" Esse weiter und lasse Doris' Frage im Raum stehen. Hinter jeder Antwort würde nur eine weitere Frage von ihr stehen. Was will sie eigentlich? Für 'ne Selbstgedrehte würde ich vielleicht mit ihr reden. Ein Rollstuhlfahrer parkt neben ihr, hebt seinen Teller vom Schoß und stellt ihn auf den Tisch. „Mein Freund." Doris will unbedingt reden, ich aber nicht mit ihr. Das letzte Knäuel Spaghetti auf meiner Gabel. Kaue absichtlich langsam. Essen schützt mich vorm Sprechen mit ihr. „Ich bin der Hans!" Und? Ich will für mich sein. Nicht reden müssen. Reden heißt immer Menschen in sich reinzulassen. Da ist aber kein Platz. Ich kann das nicht mehr. Bin mir selbst zuviel.

Der Mensch kann nicht lieben, ohne etwas dafür zu verlangen und wenn es nur der Anspruch ist, glücklich zu sein. Am Ende sind doch immer alle unglücklich. Ich will keine Scherben mehr. Bleibe alleine.

In der Vesperkirche bin ich gern. Dass ich auf der Straße lebe, scheint hier keinen zu interessieren. Keiner fragt mich etwas. Außer Doris. Keiner stillt seine Neugierde an mir. Außer Doris. Hier bin ich Mensch, wenn auch nur kurz. Draußen versinke ich wieder im Nichts der Straße.

„Haben Sie nichts zu den Spaghetti getrunken? Ich bringe Ihnen einen Tee." Die Stimme der ‚Essensdame' ist freundlich, bestimmend, aber mütterlich warm. Ein Bier wäre mir jetzt lieber, geht es mir durch den Kopf.

„Danke!", für große Worte ist mir der Kopf zu schwer.

„Ziehen Sie doch den nassen Anorak aus."

„Nein!", und ziehe den Reißverschluss zum Trotz noch ein Stück höher.

Wie heute Morgen der Kaffee – sofort sehe ich die Verkäuferin in ihrem Bäckerladen vor mir – brennt jeder Schluck Tee auf meinen Lippen. Doris schaut mich an, als ob sie fragen wolle: ‚Gut?' Aber zum ersten Mal fragt sie nicht. Sie grinst. Ihre Augen sind schön. Zwinkere ihr über den Tisch zu und denke an Agnieszka. Die Ehe habe ich versoffen, doch meine Liebe zu ihr nie. Sehe sie in Doris' Augen. Agnieszka! Was wird sie unseren Kindern von mir erzählen? Dass ich trinke? Dass Papi sie geschlagen hat? Alles ist so lange her. ‚Agnieszka, ich liebe dich noch immer!'

„Noch einen Tee?", fragt Doris grinsend und liest meine Melancholie.

„Von mir aus." Doris ist nicht meine Agnieszka.

Als Doris mit dem Tee zurückkam, war ich längst weg. Hans war mir beim Gehen egal. Sie war nett, und genau das machte mir Angst. Angst, wieder einen Menschen zu verletzen. Mich dadurch selbst zu quälen. Vor einer Verantwortung. Kann meine Agnieszka nicht betrügen, obwohl sie sicher einen Neuen hat. Nein, lieber alleine bleiben. Hoffentlich begegne ich Doris nie wieder. Nein, ich kann das nicht.

Es regnet nicht mehr und die Königstraße hat mich nach dem Essen wieder. Das gleiche Gewimmel der Passanten.

Vorbeischwirrende Telefonate, Tauben, die zwischen den Füßen der Passanten rumpicken. Langsam und mit zwei Frauen im Kopf humple ich in Richtung Bahnhof. Die Luft riecht frisch. Schließe die Augen. Habe keine Angst mehr vorm Sterben. Nur, dass es lange dauern könnte. Nicht nachdenken. Mein Leben ist die Vorstufe des Todes.

So, der letzte Kaffee für heute. 16.45 Uhr. Welcher Knopf ist für Latte Macchiato und welcher für Milchkaffee? Ich liebe Milchschaum. Eine große Tasse mit extra viel Schaum. Zucker aus den kleinen Papiertütchen. Auf dem Rückweg von der Mitarbeiterküche zum Büro noch schnell am Postfach vorbei. Darin ein Briefumschlag. Weiß mit Fenster. Den Umschlag aufgerissen, den Bogen auseinandergezogen – mein Gehalt. Wie jeden Monat. Die Abzüge schockieren mich. Noch eine Stunde. Schnell die letzten Telefonate.

„Herr Dr. Renz ist nicht mehr im Haus. Warten Sie bitte. Ich werfe mal einen Blick in seinen Kalender. Er kommt am Montag erst um 10.00 Uhr ins Haus. Ist dann aber bis 13.30 Uhr in einem Meeting. Versuchen Sie es einfach dann nochmal. Oder darf ich ihm etwas ausrichten?"

Ich glaube der Frauenstimme aus dem Hörer ihre Freundlichkeit nicht. Jedes Wort klingt nach kurzem, grauem Röckchen und Absatzschuhen, die ihre Beine länger erscheinen lassen sollen.

„Nein, herzlichen Dank. Ich melde mich am Montag um 14.00 Uhr nochmal." Aufgelegt! Tief sinkt meine Oberlippe in den Milchschaum. Kaffee ist einfach etwas Wunderbares. Lehne mich im Drehstuhl zurück. Kurzer Vermerk in Outlook: ‚Montag 14.00 Uhr, Anruf Dr. Renz.'

Die letzten E-Mails. Die Zeit verfliegt. 18.00 Uhr Feierabend. Den Computer runtergefahren, jetzt beginnt mein Wochenende. Freitag, wie ich dich in diesem Moment liebe!

„Ciao, bis Montag! Schönes Wochenende!“, rufe ich beim Verlassen über die Schulter.

„Tschüss! Bis Montag!“, die Antworten aus den unterschiedlichen Richtungen. Damit ist mein bevorstehendes Wochenende angebrochen.

Doris sagte beim Essen, sie kenne mich aus der Unterführung. Den ganzen Rückweg denke ich an sie. Sie und ihr Hans. Was will sie denn mit dem? Einem Rollstuhlfahrer? Sie muss doch selbst sehen, wie sie durchkommt und dann noch 'nen Rolli an der Backe, spotte ich leise. Die Krücken nerven mich. Die letzten Meter. Rolltreppe, dann bin ich wieder unten.

Der Weg zum Bahnhof ist mein Weg ins Wochenende. Im Stechschritt durch die Unterführung. Noch fünf Minuten, dann fährt der Zug, wenn er pünktlich ist.

Alle hetzen an mir vorbei. Morgens von links nach rechts, abends von rechts nach links. Oft erkenne ich einzelne Personen wieder. Vor allem dann, wenn sie mir etwas Kleingeld in meinen Pappbecher werfen. Der 20-Cent-Mann von heute Morgen mit seiner grünen Jacke fällt auf.

Wenn ich den Zug nicht bekomme, muss ich fast eine Stunde warten. ‚Liebe Bahn, habe heute bitte Verspätung!‘ Renne mir fast die Lunge aus dem Hals.

„Guten Tag!“ Im Eilschritt jagt der Mann in seiner grünen Jacke an mir vorbei.

„Guten Tag!“, erwidere ich den Gruß des Obdachlosen. Mein Atem verliert seinen Rhythmus. Ich muss stehen bleiben. Nein, mein Zug! Atme mit weitgeöffnetem Mund. Erst jetzt erkenne ich den Mann auf dem Boden. Heute früh saß er genau an dieser Stelle. Ich gab ihm 20 Cent. In meiner Mittagspause sah ich ihn in der Königstraße sitzen. Mein Zug ist jetzt definitiv weg. Seitenstiche. Teile den Strom der Passanten und versuche, unauffällig den Mann am Boden zu beobachten. Er sieht mich nicht.

Warum schaut er die ganze Zeit zu mir rüber? Meint er, ich sehe das nicht? Ja, ich sitze auf dem Boden. Na und? Ich wette, dass er nicht zu mir rüberkommt. Mich anspricht. Niemals.

Wenn ich ihn jetzt noch eine Sekunde länger beobachte, muss ich zu ihm gehen. Bin kein Sensationsspanner. Muss mich jetzt entscheiden, mein Zug ins Wochenende oder er. Er! Vorsichtig, wie bei einem fremden Hund, der bissig sein könnte, gehe ich auf ihn zu.

Tatsächlich, er kommt!

Was sagt man zu einem Mann, dessen Welt so unendlich weit weg von der eigenen ist? Der auf der Straße lebt? Nach kaltem Urin stinkt?

„Hallo!“, mehr fällt mir gerade nicht ein.

„Hallo!“, grüße ich zurück.

„Wie geht es Ihnen?“ Dumme Frage, muss ich gestehen. Verlegenheit.

„Gut", lüge ich. Wie soll es mir gehen? Hier auf meiner Pappe? Er ist nur Passant. Einer von vielen.

Wenn ich ihn auf dem Boden sitzen sehe, frage ich mich, ob es so etwas wie eine innere Obdachlosigkeit gibt. Ein Nicht-mehr-in-sich-wohnen, obwohl der schwarze Anzug immer noch gut passt. Was passiert, wenn ein Mensch aus sich auszieht, weil die Krawatte jeden Tag mehr und mehr die Luft zum Atmen abschnürt? Der Mensch muss immer leisten und denken. Erwartungen erfüllen. Gewinnen. Dazu gehört der tägliche Anzug, die aufpolierten Schuhe, in denen sich die Welt des Erfolges spiegeln soll. Tut sie aber nicht. Was passiert, wenn der Mensch bei allem Streben das Sein vergisst? Vielleicht entwickelt sich Obdachlosigkeit von innen nach außen. Erst der Verlust der eigenen Mitte, dann der des Gleichgewichts. Bis man fällt und nicht mehr alleine aufstehen kann. Ich weiß es nicht.

Tief zieht er seine Mütze ins Gesicht und verbirgt die von der Straße gezeichneten Augen. Sein Wesen ist müde. Graue Haare blitzen unter der ausgefransten Strickmütze hervor. Schwer atmet er das Leben ein und wieder aus. Was ist er für ein Mensch?

„Wie lange leben Sie schon auf der Straße?", bricht es aus mir heraus.

Ich mag die Vorsicht in seiner Stimme, mit der er mich fragt. „Mit Pausen fast zehn Jahre."

Seine Antwort ist beeindruckend klar. Zehn Jahre. Zehn Jahre ohne Privatsphäre. Wie soll das auch gehen auf der Straße? Auf dem Tablett der Gesellschaft? Wie will ein Obdachloser in sich wohnen, wenn es nirgendwo einen Ort gibt, an dem er gewollt ist?

Jetzt wird er gleich fragen ‚Warum?' und mir einen Vortrag halten, dass ich aufhören soll zu trinken, dass der Alkohol an allem Schuld sei.

„Warum leben Sie auf der Straße?"

Wusst' ich's doch. Was sage ich ihm, das er verstehen könnte? Ich müsste ihm erklären, dass alles in Polen begann. Ich dort anfing zu trinken. Erst mit Kumpels nach der Arbeit und später in der Kneipe bis tief in die Nacht. Dann kamen die Streits mit Agnieszka. Wir wurden von Mal zu Mal lauter. Bis zu dem Tag, an dem ich sie schlug. Sie verzieh mir, doch beim zweiten Mal war es vorbei. Danach brach alles wie ein Kartenhaus zusammen. Ich stand plötzlich auf den Scherben meines Lebens. Scheidung. Zog zu meinem Bruder. Er lebte allein. Lebte! Wir gingen zusammen nach Deutschland. Arbeiteten bei BOSCH am Band. Hatten den Traum vom neuen Leben. Aber das gab es nicht. Er starb bei einem Autounfall. Einfach so und ich blieb zurück. Dann mein Unfall bei BOSCH. Verlor meine Arbeit und gewann diese scheiß Krücken. Nein, das kann ich ihm nicht erzählen. Mein Leben ist nicht zu erzählen. Nicht zu leben.

Sekunden der Stille liegen wie Stunden zwischen mir und dem Mann auf seiner Pappe. Er scheint in sich nach einer Antwort zu suchen. Eine, die ihm sein Leben erklären könnte.

„Ich bin Matusz", bricht er das Schweigen und gibt unserer Begegnung eine unvorhersehbare Wendung. „Das kommt von Matuszek. Ich bin Pole." Das erklärt seinen Dialekt. Polen. Sofort wechsle ich die Sprache und spreche mit ihm so gut ich kann Polnisch. Stottere die Sätze zusammen.

Er spricht Polnisch? Nicht perfekt, aber ich versteh' ihn. Mein Kopf brummt. Brauche 'ne Zigarette. Kein Tabak! Reibe mir mit dem Handballen die Nase, schniefe und schaue in meinen Becher. Fast leer. Nur Wenige geben mir etwas. Und wenn, dann nur rotes Geld. Mein Körper schreit. Ich kann nicht vor ihm trinken. Würde ihm nur sein Bild von mir bestätigen. Es ist schön zu hören, wie er versucht, Polnisch zu sprechen. Er fragt etwas viel, dafür aber in der Sprache meiner Heimat. Ich verstehe nicht alles, was er sagt. Seine Aussprache ist zu hart, ihm fehlt die Melancholie, die nur ein Pole hat. Doch er spricht. Mit mir.

Suche die Worte in meinem Kopf zusammen. Ich lebte für ein Jahr in Polen, doch viel ist davon nicht übriggeblieben. Worte scheinen mit der Zeit zu verdunsten. Müde hebt Matusz seinen Kopf und versucht, etwas zu lächeln. Gequält verziehen sich seine Mundwinkel. Bartstoppeln stellen sich um die Grübchen auf. In seinen Augen blitzt für eine Sekunde Lebensmut, Hoffnung. Dann sterben sie wieder. Sie scheinen der Welt nichts mehr zu glauben. Matusz versteht mich, im Gegensatz zu den vorbeilaufenden Passanten. Dass er hier auf dem Boden sitzt, daran haben sie sich gewöhnt, doch dass einer mit ihm spricht, stört ihre Ignoranz kurz. Matusz ist mir überlegen und beginnt zu sprechen. Hocke mich hin. Augenhöhe. Vielleicht kann er sein Leben nicht auf Deutsch ertragen. Schaue aus dem Augenwinkel in seinen Becher und erinnere mich daran, wie ich ihm, ohne ihn zu beachten, ohne ihn zu meinen, Geld hineinwarf. Einfach so. So wie man Tauben im Park füttert. Frage mich, wie man jemandem etwas gibt, der auf den ersten Blick nichts besitzt, ohne, dass es ein überhebliches Geben wäre.

Das Schlimmste auf der Straße ist die Kälte, auch wenn es Sommer ist. Die Anklage wird mit jeder gegebenen Münze in meinem Becher kälter. Was ist das für ein Geben, wenn mir dadurch nur noch deutlicher meine Situation vor Augen geführt wird? Ich brauch' aber das Geld. Wie will man denn auf einem Schrotthaufen ein Haus bauen, in dem man wohnen könnte? Ich würde gern die Zeit zurückdrehen. Alles anders machen. Agnieszka küssen. Sie an mich drücken. Ich liebe sie noch immer.

„Wie heißt du?" Die erste Frage von Matusz.

„André."

„Hast du eine Frau? Kinder?"

„Nein. Du?", duze ich zurück.

„Ja, hatte ich. Agnieszka. Lange her."

Sein ‚Hatte' klingt erdrückend schwer. Alles ertrinkt in diesem Wort. Sein Eingestehen des Scheiterns, seine Selbstanklage, Sehnsucht, nicht mehr vor jemandem auf dem Boden sitzen zu müssen – hinter seinem Kaffeebecher. Leblose Augen beginnen von einem Leben zu sprechen, das ich mir nicht einmal vorstellen kann. Zögernd erzählt Matusz.

„Weißt du, ich hatte mal alles. So ein richtiges Leben mit Familie und Arbeit. Bin Maschineningenieur, sogar Meister. In Polen. Ich verlor meine Arbeit. Sagte es aber meiner Frau nicht. Stand morgens wie immer auf und ging in meine Stammkneipe. Oft trank ich dort nach der Arbeit mit Kollegen ein Bier oder mehr. Nach der Kündigung musste ich die Stunden rumbekommen, damit Agnieszka nichts bemerkte. Abends kam ich angetrunken nach Hause. Anfänglich konnte ich noch sagen, dass ich mit Kollegen, wie oft nach der Arbeit, etwas Trinken war. Doch das Geld wurde knapper und der Streit häufiger. Wir begannen uns anzuschreien, wurden immer lauter, auch vor den Kindern. Dann kam irgendwann der letzte Tag. Mit Worten erreichten wir uns nicht mehr. Konnten auch nicht mehr lauter schreien." Ich will ihm nicht sagen, dass ich Angieszka geschlagen habe. „Sie ließ sich scheiden und ich zog zu meinem Bruder. Er war arbeitslos, lebte in einer Einzimmerwohnung. Wir rückten zusammen. Er zahlte die Miete und ich das Bier und so. Wir beschlossen, zusammen nach Deutschland zu gehen. Ein neues Leben und vielleicht für jeden von uns eine hübsche Frau. Wir waren ... ich glaub', ich damals 35 und er 37. Alles begann ganz gut. In Deutschland. Arbeit bei BOSCH am Band. Ich verdiente mehr als in Polen."

Traurig blickt er mir ins Gesicht. Als wenn er von mir eine Antwort auf sein Leben verlänge. Ich kann ihm keine geben. Es fällt mir schwer, Blickkontakt zu halten. Sein Leben beginnt mich zu hinterfragen. Meine Vorurteile geraten ins Wanken. Es ist nie, wie man denkt. Seine Realität erschüttert mich. Versuche, mich zu schützen und zweifle seine Worte an. Wer weiß, ob das alles so stimmt.

„Eines Tages erhielt ich die Nachricht, dass mein Bruder bei einem Verkehrsunfall ums Leben gekommen sei. Er war ab da einfach tot und ich alleine. Trotzdem ging ich jeden Tag ans Band. Doch alles in mir schrie. Dann kam mein Unfall. Presse. Bekam Platten in die Beine bis zur Hüfte. Verlor meine Arbeit und heute gehe ich an Krücken."

Die Art wie er seine Hosenbeine hochzieht, ist wie eine Rechtfertigung für seine Situation auf der Straße. Für seine Alkoholfahne. Den Uringeruch. Ich bin meiner Vorurteile beraubt. Die voreiligen Bilder von Matusz beginnen in meinem Kopf zusammenzubrechen. Und aus den ganzen Vorurteilen schält sich ein Mensch.

„Ich muss zum Zug", sage ich, vom Gehörten erschlagen.

„Gut."

Wir verabschieden uns nicht voneinander. Nein, das brauchen wir nicht.

In meinem Kopf Fragen. Der Wunsch, auf alles eine Antwort zu finden. Auf Matusz, Agnieszka, seinen Bruder. Mich.

~ ~ ~

Im Strom der Masse laufe ich durch die Unterführung. Gleichschritt. Erstaunlich, wie schnell der Mensch vergisst. Matusz habe ich das letzte Mal vielleicht vor vier Monaten hier sitzen gesehen. Er schlief eingehüllt in seinem fleckigen Schlafsack auf dem Boden. An der letzten Szene mit ihm unter dem großen Schriftzug „KULTURPLATZ" zog ich in wenigen Sekunden vorbei. Zwei, drei Tage ihn nicht mehr gesehen und schon war er aus meinem Kopf und sein Platz am Boden von einem anderen Obdachlosen eingenommen. Doch wenn Matusz in meinen Gedanken aufblitzt, so frage ich mich, wie es ihm wohl geht. Ob er wieder trinkt, irgendwo und alle an ihm vorbeilaufen. Matusz hinterfragte mich, meine Maßstäbe, meine Eitelkeit und Feigheit. Füllte den plakativen Schriftzug im Hintergrund, ohne es zu wissen, mit Inhalt. Kultur entsteht dort, wo sich Menschen auf Augenhöhe begegnen. Kultur ist Kritik, Hinterfragung – der Kampf um das Gute, Wahre und Schöne. Matusz saß jeden Tag, ohne es zu wollen, auf der Bühne unserer egoistischen, absichtlich blinden Gesellschaft, ohne einen Platz in ihr zu haben. Sein tägliches „Guten Morgen!", die Einleitung eines Monologes. Die meisten Passanten antworteten ihm nicht. Dabei sind sie doch die Komparsen in dem von ihnen selbstinszenierten Schauspiel, das Matusz leben muss. Allein. Am Boden. Am „KULTURPLATZ". In Stuttgart.

Ich bin durch die Begegnungen mit ihm kein besserer Mensch geworden. Drücke mir die Kopfhörer etwas tiefer in meine Ohrmuscheln und versuche wie jeden Morgen, in den Texten von Clueso zu versinken, doch Matusz steigt in jedem Vers in mir auf. Beginne meinen Tag im Kopf zu strukturieren. Meeting um 10.30 Uhr. Die Präsentation sollte ich vorher fertig haben.

Matusz – immer wieder Matusz in meinem Kopf, dabei habe ich so lange nicht mehr an ihn gedacht. Warum jetzt gerade? Seinen Platz in der orangenen Unterführung hat ein Rollstuhlfahrer eingenommen. Schon seit einiger Zeit sitzt er hier. Weiße, abgetragene Turnschuhe, Trainingshose, Daunenweste aus deren Nähten Kiele hervorstehen. Die dunklen Haare etwas streng nach hinten gekämmt. Ziehe die Kopfhörer aus meinen Ohren und grüße, ohne dass es mich Überwindung kostet.

„Guten Morgen!" Seine Antwort klingt freundlich, doch Matusz' Melodie suche ich in seinen Worten vergebens. Er fehlt mir. Hier in seiner Unterführung.

„Kennst du Matusz?", frage ich ihn, um irgendetwas in Erfahrung zu bringen.

„Der mit den grauen Krücken? Den Polen?", seine Gegenfragen klingen wissend.

„Ja, ja! Er humpelte immer etwas. Schlief in so einem blauen Schlafsack. Strickmütze", beschreibe ich Matusz, wie einen guten Freund.

„Der ist doch gestorben!" Kurz und direkt seine Antwort. So, als wenn ich das wissen müsste. Ein Stich.

„Tot? Wie ist er ..." Schlucke trocken.

„... man hat ihn hier in der Unterführung gefunden. Eines Morgens lag er tot da. Glaub', der hat den Alkohol nicht gepackt", fällt er in mein Fragen. Stumpf bohren sich seine Worte in meine Gedanken und reißen mich auseinander.

„Ich heiße André!" Unterdrücke meine Tränen. Meine Mundwinkel verkrampfen sich.

„Hans! Kanntet ihr euch?"

„Ja!", mehr bekomme ich nicht heraus.

„Woher kennst du Matusz?", frage ich stockend.

„Nur aus der Unterführung. Man kennt sich hier. Habe ihn vielleicht ein- oder zweimal in der Vesperkirche gesehen. Bin ab und an mit meiner Freundin dort. Zum Mittagessen."

„Trinkst du?", frage ich mutig, ohne Hans zu kennen.

„Nein. Bin auch kein Obdachloser. Aber hier in der Unterführung werden doch alle über einen Kamm geschert, sobald man einen Pappbecher vor sich aufstellt."

„Nicht obdachlos? Das heißt, du hast eine Wohnung?"

„Ja, lebte zwei Jahre lang mit meiner Freundin auf der Straße. Jetzt haben wir eine Wohnung. In der Zeit auf der Straße haben sich einige Schulden wegen der blöden

Krankenversicherung bei uns angesammelt. Die wollen ihr Geld. Da lässt niemand mit sich reden. Geld reicht hinten und vorne nicht und so sammeln wir hier in der Unterführung. Heute bin ich dran."

Für einen Moment sagt niemand etwas. Wir schauen uns an. Er mich aus seinem Rollstuhl und ich zu ihm herab. Das Orange der Unterführung ist schmutzig. In meinem Kopf laufen wie in einem Film alle meine Begegnungen mit Matusz gleichzeitig.

Er hat es nicht geschafft. Bin zu oft an ihm vorbeigelaufen. Die plakative Aufschrift „KULTURPLATZ" wird abgerissen – der Stuttgarter Bahnhof umgebaut – und der Vorhang für Matusz ist gefallen. Das Bühnenstück aus und vorbei. Doch die Inszenierungen der Passanten, ihr Wegsehen, ihre Meinungen aufgrund des ersten Eindrucks vieler Obdachloser wird bleiben. Alles wird neu und das Alte sucht sich einen neuen Platz. Irgendwo. Mit Sicherheit.

„Ich muss ins Büro. Dir alles Gute!" Leer streiche ich Hans über die Schulter.

„Dir einen schönen Tag!"

„Danke!" Erschlagen hebe ich die Hand zum Abschied.

Wie in einer Blase, da und doch weit weg, laufe ich ins Büro. Mein Denken von der Stille der Trauer außer Kraft gesetzt. Schach matt für jegliche Logik. Der stolze König in mir gefallen. Keine Zeit zum Trauern. Zum Alleinsein. Acht Stunden Büro liegen vor mir. Weicher Drehstuhl vorm Schreibtisch, Heizung, Kaffeemaschine. Erinnere mich an die Gespräche mit Matusz. Die müden Blicke in seinen

Becher. Der stechende Uringeruch. Ich weiß nicht, ob seine Geschichte wirklich stimmte, Agnieszka, sein Bruder. Vielleicht gibt es sie ja gar nicht wirklich. Doch Matusz gibt es. Gab es.

Tränen drücken sich in meine Augen. Ich kann mich jetzt nicht an meinen Schreibtisch setzen, tun, als wenn nichts wär' und ins Telefon lächeln. Vielleicht arbeite ich ja auf der ‚falschen' Seite der Gesellschaft. Beginne, im Kopf zu hinterfragen. Was bleibt von meiner täglichen Arbeit? Arbeite ich nicht nur für Kunden, die auch zahlen können? Geld zum Leben haben, Erfolg anstreben? Ich bin doch wie all die anderen. Keinen Funken besser. Habe nichts von Matusz gelernt. Doch was hätte ich denn für ihn tun können? Mehr Geld für die trügerische Hure Alkohol in seinen Pappbecher werfen? Damit er sie mit jedem Schluck fürs Aderlassen zahlen kann, bis kein Leben mehr in ihm ist? Ich bin ratlos. Warum stellen wir uns immer erst hinterher Fragen? Wachen wir auf, wenn es vorbei ist und werden doch nicht schlauer? Menschlicher?

„Guten Morgen!" Bin ein schlechter Schauspieler.

„Morgen!" Hektisch werden Nachrichten in den Computer getippt. Jacke an die Garderobe gehängt. Eine Tasse Kaffee mit Milchschaum auf Knopfdruck. Kollegen grüßen, fragen wie es mir geht. Ich kann ihnen nicht sagen, was sich – wer sich gerade – in meinem Kopf dreht. Gähne künstlich.

„Bin noch etwas müde. War gestern lange in Stuttgart unterwegs." Stimmt zwar nicht, aber klingt plausibel und schützt vor weiteren Fragen.

Kaffee dampft in meiner Tasse. E-Mails erobern wie eine Legion mein Postfach und Matusz will nicht aus meinem Kopf. Starre in die Luft, als wenn über mir irgendwo ein klarer Gedanke schweben würde.

Geheimbotschafter – Wenn ich nur könnte

„Liebe Brüder und Schwestern! Wenn wir lieben, so ist Gott unter uns. Erfahren wir im Gegenüber etwas von dem, was wir nicht mit Worten ausdrücken können. Gott ist mit den Liebenden, denn: ‚... die Liebe ist gütig. Sie ereifert sich nicht. Sie prahlt nicht. Sie freut sich nicht über das Unrecht, sondern freut sich an der Wahrheit.' Amen!"

Sitze in der letzten Reihe. Rechts außen. Neben mir eine Frau. Ihre Hände im Schoß gefaltet, konzentrierter Blick nach vorne in den Altarraum. Auch sie scheint nach dem letzten Wort des Pfarrers etwas zu erwarten. Etwas, einen Satz, der ihr vielleicht, wie auch mir, den Knoten im Kopf lösen könnte. Nein, nichts! Die Hände vor der Brust gefaltet, den Kopf leicht gesenkt geht er auf seinen Sitzplatz zu. Setzt sich.

Meine Gedanken laufen Amok. Liebe tut am Ende immer weh. Kenne es doch selbst: Die Magie des ersten Augenblicks. Das zu Entdeckende in Allem. Die erste Verabredung. Der erste Kuss. Das Zählen der Stunden, Minuten bis zum Wiedersehen. Glück, das einen zerreißt. Den Wunsch, es laut herauszuschreien. Doch wenn alle Geheimnisse gelüftet sind, kommt der wahre Mensch zum Vorschein. Einer, der auf einmal Fehler hat. Kleinigkeiten beginnen groß zu werden. Diskussionen statt Liebesschwüre.

Vielleicht macht der Mensch zu viel Zauber um die Liebe. Er ist doch selbst schuld. Erst gibt er sich ihr ganz hin und dann jammert er. Vielleicht ist die Liebe am Ende … ‚Ja, etwas für Naive!', denke ich mir.

In mir rebelliert alles gegen die idealisierenden Worte des Pfarrers. Was weiß der schon von der Liebe? Vom Schmerz? Vom Betrug? Marko ist mit einer Anderen ins Bett gestiegen. Einfach so. Mich gab es in diesem Moment nicht. Was weiß ein Pfarrer davon? Für ihn ist doch Liebe nur ein großes, goldenes Ideal. Ich packte meine Sachen und zog von Dresden in dieses 20.000-Seelendorf. Westerstede. Norddeutschland. Egal, nur noch weg. Andere Menschen und bloß keine Erinnerungen an Marko mehr. Und dann diese Predigt über die Unfehlbarkeit der Liebe. Was weiß ein Pfarrer in seinem Zölibat schon davon? Nichts!

Der Gottesdienst ist aus. Endlich! Ich bleibe in der Bank sitzen, schließe die Augen und gebe vor zu beten, damit mich bloß niemand anspricht. In mir brodelt es. Ich war echt so naiv und habe es nicht bemerkt, wie mich Marko betrog. Immer mittwochs. Von wegen Sport nach der Arbeit. Er traf sich mit ihr und na klar sprang er dann bei mir als erstes unter die Dusche. Das macht man doch nach dem Sport so. Wer denkt sich dabei schon etwas. Und dann immer dieses scheinheilige Küsschen mit dem Handtuch um der Hüfte. ‚Marko, du bist das Letzte!', schlage ich impulsartig das Gesangbuch zu. Flüchtige Kniebeuge, Kreuzzeichen – ich muss raus hier!

„Entschuldigen Sie bitte. Ich bin Pfarrer Markquardt. Sind Sie neu in der Gemeinde? Ich habe Sie noch nie hier in der Kirche gesehen."

Nein, bitte nicht jetzt! Ich will nicht sprechen. Will nur aus dieser Kirche.

„Guten Tag! Bin vor zwei Wochen von Dresden hierher gezogen“, antworte ich mit aufgesetzter Höflichkeit.

„Oh, Dresden! Also von der Stadt aufs Land? Herzlich willkommen! Darf ich Sie zu unserem Gemeindefest kommenden Sonntag einladen? Gleich nach dem Gottesdienst.“

„Danke, aber ich weiß noch nicht.“ Eigentlich möchte ich ihm lieber ein klares ‚Nein!‘ an den Knopf knallen, diesem Liebessäußler.

„Ich würde mich sehr freuen!“ Er lässt nicht locker.

„Schönen Sonntag noch!“, verlasse ich die Kirchenbank und beende damit das Gespräch abrupt.

Das war er also, der Liebesprediger von Westerstede. Seine Stimme typisch pastoral. Die Melodie seiner Worte, nichts als klerikaler Singsang, der Hoffnung und Vertrauen versprühen soll. Vermutlich bemerkt er es nicht einmal. Ich will aber gerade keine Hoffnung und ich will vor allem keine salbungsvollen Worte hören. Ich will sauer sein dürfen und Marko in meinem Kopf in Stücke reißen. Gemeindefest – was soll ich denn da? Kuchen essen und Kindern beim Spielen zusehen? Ich kenn’ doch niemanden.

Verlasse die Kirche, schließe mein Fahrrad auf und fahre nach Hause. Mit jeder Umdrehung der Pedale strample ich mich tiefer in meine Gedanken. Ich habe Marko wirklich geliebt, das kann ich nicht leugnen. Doch, kann ich! Nee, kann ich nicht! Ach, was weiß ich. Jetzt ist alles aus und die Momente mit ihm sind mir präsenter denn je. Komisch. Wohin mit der gemeinsamen Geschichte? Die Fotos habe ich vor dem Umzug fast alle zerrissen, nicht aber die Bilder in meinem Kopf: Rügen. Strandspaziergang. Wie er mir aus gesammelten Steinen ein Herz in den nassen Sand legte. Weihnachten in Prag. Eis am Stiel trotz Minusgrade. Sein Lächeln. Wir waren so wunderbar betrunken vor Liebe. Wohin jetzt mit all den Erinnerungen? Ein Teil in mir sehnt sich zu ihm zurück. ‚Du spinnst!', durchzuckt es mich sofort. Es ist die gemeinsame Geschichte, die mich ihn im Hass und Schmerz trotzdem noch lieben lässt. Paradox! Schüttle den Kopf: ‚Oh, Marie! Du wirst auch nicht schlauer!'

Endlich zu Hause. Naja, was man halt mitten in einem Umzug Zuhause nennen kann. Umzugskartons sauber an der Wand gestapelt. Die Kaffeemaschine auf dem Fensterbrett in der Küche. Geschirr in Zeitungsseiten eingewickelt auf dem Tisch. Ich bin noch nicht angekommen. Nur meine Sachen sind schon da. Ich kann die Kartons nicht ausräumen. Alles erinnert mich an Marko. An die gemeinsame Wohnung, an unseren Ort. Nur mein Skizzenbuch nicht. Das habe ich gleich ausgepackt. Blättere etwas in ihm. Blumenstudien folgen auf expressive Porträtstudien mit Randnotizen. Setze mich mitten in mein Wohnzimmer, lege Tracy Chapman in die Anlage ein und höre „Talking about a Revolution". Ziehe die Socken aus und laufe barfuß durch meine Drei-Zimmer-Wohnung, auf der Suche nach einem Bleistift, Kugelschreiber oder irgendetwas, womit ich jetzt zeichnen könnte. Singe „R-E-V-O-L-U-T-I-O-N-!" laut mit. Befreiend.

So, morgen ist Montag, mein freier Tag. Keine Predigt und auch keine Beerdigungen. Wende das Schnitzel in der Pfanne. Das Beste am Gottesdienst sind die Begegnungen danach. Denke mit der Schürze um der Hüfte an die Frau in der Kirchbank. „Aus Dresden zugezogen ...", brabble ich zum Zischen des heißen Fettes in der Pfanne vor mich hin. Sie wirkte traurig, aber vielleicht kam mir das auch nur so vor.

Telefon! Kann es nicht einmal fünf Minuten still bleiben? Es ist Mittagszeit und ich habe Hunger. Atme tief durch und nehme den Hörer ab.

„Pfarrer Markquardt." Versuche das Gespräch von Vornherein kurz zu halten.

„Herr Pfarrer, Ihre Predigt war ganz wunderbar!"

Frau Kurtlowski – das kann dauern!

„Danke! Schön, wenn sie Ihnen gefallen hat."

„Ja, und das mit der Hoffnung – ja, so ist Liebe! Kommen Sie mich doch mal wieder zum Essen besuchen!"

„Frau Kurtlowski, danke für die herzliche Einladung und Ihnen noch einen schönen Sonntag."

Mein Schnitzel ist bestimmt schon verbrannt.

„Herr Pfarrer, ich habe noch eine Frage: Wenn doch Gott in der Liebe ist, warum streiten die Menschen immer?"

Frau Kurtlowski ist die gute Seele meiner Gemeinde. Naja, manchmal flucht sie etwas viel über ihre Enkel, die aus der Kirche ausgetreten sind, doch lässt sie keinen Anlass in der Gemeinde aus, um ihren böhmischen Apfelkuchen zu backen. Ich habe noch nie einen anderen von ihr gegessen. Ihre Fragen sind so einfach – kindlich gedacht. Was soll man da sagen? Einer Frau mit 85 Jahren?

„Es hat an der Tür geklingelt", lüge ich in den Hörer, nur um schnell die Pfanne mit dem Schnitzel vom Herd nehmen zu können. Zu spät!

„So, meine Liebe, jetzt bin ich wieder da!" Ärgere mich über das verbrannte Schnitzel.

„Gott ist zwar in der Liebe. Doch so wie wir uns zu Gott bekennen, müssen sich die Menschen immer wieder zur Liebe bekennen und das ist manchmal nicht so einfach", versuche ich ihre Frage zu beantworten.

„Ach, Herr Pfarrer, Sie erklären immer alles so gut! Warum gibt es nicht mehr Menschen wie Sie? Mein Mann ist an Krebs gestorben. Er wollte auch nie mit dem Rauchen aufhören. Jetzt bin ich viel alleine", wechselt sie ohne Zusammenhang das Thema.

„Ich besuche Sie mal wieder zum Mittagessen und dann sprechen wir über alles!", versuche ich hungrig das Ende des Telefonats einzuläuten, ohne zu wissen, wo ich dieses Versprechen in meinem Kalender unterbringen soll.

„Das würde mich sehr freuen. Ich koche nicht gerne für mich alleine. Noch einen schönen Sonntag, Herr Pfarrer!"

„Ihnen auch! Einen schönen Sonntag, Frau Kurtlowski." Lege schnell den Hörer auf.

Auf der Waschmaschine finde ich endlich einen Bleistift. Eher einen Stummel. Unangespitzt. Gehe in die Küche und ziehe aus dem Abtropfbehälter fürs Besteck ein Küchenmesser und spitze die letzten Zentimeter des Bleistiftes an. Tracy verbreitet mit ihrer Stimme aus den Boxen gute Laune und so setze ich mich mitsummend auf den Boden, lehne mich gegen die Umzugskartons und beginne das Chaos um mich zu zeichnen. Kisten, vom Transport lädierte Zimmerpflanzen mit hängenden Blättern sowie die blauen Wäschesäcke manifestiere ich Strich für Strich in meinem Büchlein. Draußen beginnt es zu regnen.

Mülleimer auf, Schnitzel rein. Ich konnte Frau Kurtlowski nicht schneller abwimmeln. Es tut mir weh, Essen wegzuwerfen. Kurzer Blick in den Kühlschrank: Bratwurst. Runde Zwei. Bitte jetzt keinen Anruf! Stecke sicherheitshalber das Telefon aus. Die Lust zum Kochen ist mir vergangen und so gibt es heute zum Sonntag eine frugale Bratwurst mit einer Scheibe Brot sowie scharfen Senf. Bauzener aus Sachsen. Lasse mir mein „Sonntagsessen" im Stehen schmecken und schaue aus dem Fenster. Nieselregen. Der letzte Bissen. Sofa. Mein Mittagsschlaf, dazu Brahms von der CD.

Wie verliebt in mein Chaos, zeichne ich Szene für Szene. Die Schatten der Kartons auf dem Boden ändern sich ständig. In meinem Büchlein werden Kisten zu Objekten des Neuanfangs. Doch egal, wie gekonnt ich den kleinen Bleistift zwischen den Fingern auch drehe, die Spitze ist stumpf und zum erneuten Anspitzen ist er jetzt wirklich zu kurz. Das war's! Öffne das Fenster und atme tief ein. Schwer schwebt der erdige Geruch des Regens in der Luft. Versuche, ihn auf meinen Lippen zu schmecken. Ich muss raus! Raus aus dem mittlerweile fast schon liebgewonnenen Chaos. Hinein in den kühlen Regen.

Wirklich schlafen konnte ich nicht. Frau Kurtlowski ging mir mit ihrer kindlichen Art Fragen zu stellen nicht aus dem Kopf. Stehe auf und lasse die gehäkelte Sofadecke auf den Boden fallen. Werde in die Stadt gehen. Ein bisschen frische Luft kann nicht schaden. Mit aufgestelltem Kragen trete ich auf die Straße und atme den Geruch meiner Kindheit tief ein. Schließe für einen kurzen Moment die Augen und sehe meine Mutter die Wäsche im Hof aufhängen. Tief greift sie in die Schürzentasche nach den kleinen Holzklammern, ohne mit der anderen Hand das Hemd meines Vaters von der Leine fallen zu lassen. Ich erinnere mich an den Geruch der Bettwäsche, wenn sie „überregnet" wurde. Auf der Leine trocknete. Alles roch genauso wie jetzt. Öffne die Augen und laufe durch den Regen in Richtung Stadtpark. Thalenweide, wie oft bin ich in dir schlendernd meinen Gedanken nachgehangen? Habe Predigten formuliert, verworfen und wieder neue im Kopf geschrieben? Die Reaktionen der Gemeinde vor meinen Augen gesehen? Thalenweide, Ort meiner Gedanken. Auch bei Regen.

Das Chaos hinter und Westerstede im Regen vor mir. Dazwischen die Wohnungstür. „Seit vierzehn Tagen bin ich jetzt hier und eigentlich kenn' ich dich nicht!", geht es mir über die Lippen. Die Autofahrt von Dresden mit dem vollgepackten Transporter erschien mir ewig. Jetzt bin ich da, die Kartons in meiner Wohnung. Ziehe mir die Kapuze aus dem Kragen meiner Jacke über den Kopf und laufe durch die verregneten Straßen. Wohin ist mir egal. Alles ist neu. Atme mit hochgezogenen Schultern den Geruch des Regens ein und verbiete mir, mich an den letzten Zelturlaub mit Marko zu erinnern. Vergebens: Italien. Es hatte, wie heute auch, geregnet. Doch im Zelt genoss ich einen der letzten romantischen Momente mit ihm. Nein, Schluss damit! Warum schmerzen mich nach der Trennung immer gerade die schönen Momente mit Marko und nicht die, die mich ihn verteufeln lassen?

Der Regen wird stärker und schwemmt meine Gedanken weg. Fühle mich leer – frei – und betrete eine kleine Parkanlage. Die Grünflächen frisch gemäht. Setze mich auf eine Bank und lasse absichtlich die Nässe meine Hose durchweichen. Spüre mich wieder. Keiner da, der mir sagt: „Du wirst krank!“ Nein, ab jetzt entscheide wieder ich. Und ich will genau hier sitzen! Genau auf dieser Bank. Genau in diesem Regen.

Grau verschleiert das Grün der Thalenweide und doch bin ich gerne hier. Meine Jacke saugt den Regen wie ich meine Gedanken auf. Es gibt Momente, da bin ich ganz froh, nicht in einer Beziehung zu leben, im Zölibat aufgehoben zu sein. Ich bin mir nicht sicher, ob ich überhaupt fähig wäre, eine Beziehung – ich meine eine feste – zu leben. Ich weiß es nicht und doch sehne ich mich manchmal nach einer. Verbiete mir, es laut auszusprechen. Das macht's nur noch komplizierter. Laufe durch den Regen. Eine Beziehung würde immer eine Entscheidung von mir fordern. Irgendwann. Darin bin ich kein Held. Will niemanden verletzten und müsste es doch. Kann nicht ohne meinen Beruf. Ich bin Pfarrer, doch nur wenige wissen, was das wirklich bedeutet. Der Regen wird immer stärker und schürt meine aufkeimende Traurigkeit. Meine Stärke bröckelt. Das ganze Seinmüssen fällt wie ein Vorhang und was bleibt, ist nur ein kleiner Rest. Das, was ich tief in mir wirklich bin. Still.

Der Regen beginnt mir egal zu werden. Lege meine Arme rechts, links auf die Rückenlehne der Bank und drehe meinen Kopf direkt in den Regen. So als wenn die Sonne scheinen würde. Und ja, in mir beginnt sie gerade aufzugehen. Meine nasse Hose spielt da keine Rolle. Fühle mich unendlich frei. Seit langem.

Wie kann man bei diesem Regen nur auf einer Bank sitzen? Je näher ich komme, desto schärfer werden die Umrisse der Person. Es ist die Frau aus Dresden. Vielleicht geht es ihr nicht gut. Den wenigen Sätzen in der Kirchenbank entnahm ich eine gewisse Verbitterung.

„Guten Tag."

„Hallo!" Der Liebesprediger, denke ich mir.

„Geht es Ihnen gut? Sie werden sich erkälten."

„Ja, es geht mir gut!", grinse ich glücklich.

„Darf ich Sie ins Turmcafé einladen? Auf einen Kaffee?", versuche ich, sie von der nassen Bank zu locken.

Wenn ich jetzt ablehne, bin ich unhöflich. Warum eigentlich? Will für mich alleine sein, hier auf meiner Bank. Doch es wird kalt und so sage ich: „Ja!"

Achter Stock. Hoch oben. Westerstede im Regen und ich betrete mit einem Pfarrer das Café. Meine Kleidung tropft. Fensterplatz. Ziehe mein Skizzenbuch aus der Jackentasche. Die Seiten sind vom Regen feucht geworden und wellen sich. Egal! Lege es auf den Tisch und weiß nicht was ich sagen soll. Die Jacke hängt triefend über dem Stuhl.

„Was kann ich Ihnen bringen?“ Die Bedienung lächelt.

‚Einen Föhn und meine kuschelige Sofadecke!‘, geht es mir durch den Kopf. In welcher Kiste ist die eigentlich? Ich weiß es nicht. Schaue aus dem Fenster und versuche, die Frisur in meinen nassen Haaren durch Zupfen und Glattstreichen zu rekonstruieren.

„Wir nehmen zwei Kaffee“, lautet die schnelle Antwort des Pfarrers.

„Nein, für mich bitte einen Tee“, korrigiere ich die ungefragte, voreilige Bestellung. Jetzt bestimme ich wieder, was ich will und was nicht. Kein Mann entscheidet mehr für mich. Eigentlich mag ich gar keinen Tee, Früchtetee schon dreimal nicht, doch es geht ums Prinzip.

„Wie lange wohnen Sie schon in Westerstede?“, versuche ich, ein Gespräch mit ihr zu eröffnen.

„Seit vierzehn Tagen.“

„Gefällt es Ihnen hier? Haben Sie sich schon etwas eingelebt?“

„Ich habe noch nicht viel gesehen von Westerstede. Dresden ist schon etwas ...“, versuche ich, nicht zuviel zu sagen und schmunzle ihn inmitten des Satzes an.

„So, für Sie der Früchtetee und für Sie einen Kaffee. Wie immer Herr Pfarrer, mit Milch und Zucker!“

„Danke“, sage ich nebenbei. Ohne das Gespräch mit – kenn’ noch nicht einmal ihren Namen – zu unterbrechen. Wann ist der richtige Moment sie danach zu fragen? Jetzt wohl noch nicht.

„Natürlich ist Westerstede nicht mit Dresden zu vergleichen. Hat nicht diesen großstädtischen Glanz. Die Pracht einer Semperoper oder Frauenkirche. Doch Westerstede hat seinen eigenen Charme. Die Stadt bezaubert mit ihrer Blütenpracht der Rhododendronstauden. Sie werden verstehen, was ich meine."

„Ja, habe das bereits in einem Flyer gelesen: Rhododendronstadt im Ammerland, oder so?"

„Genau! Vor dem Pfarrhaus habe ich zwei große Rhododendronsträucher. Am schönsten sind sie, wenn die Blüten noch nicht aufgegangen sind und wie Kerzen voller Kraft schwer auf den Zweigen sitzen. Aber ich will Sie damit nicht langweilen."

„Nein, erzählen Sie weiter! Bitte", ermutige ich ihn. In seinem Erzählen, in der Art wie er seinen Worten eine Melodie gibt, verabschiedet er sich von dem pastoralen Sing-Sang. Zuckere meinen Tee.

„Sind Sie Journalistin oder Autorin? Entschuldigen Sie bitte, ich frage nur wegen des kleinen Büchleins auf dem Tisch. Keine Idee darf verloren gehen, oder?", versuche ich, sie etwas kennenzulernen.

„Nein, ich zeichne und schreibe nur gerne und habe immer mein kleines Skizzenbüchlein dabei. Bin selbstständig. Grafikerin." Habe ich ihm schon zu viel gesagt?

„Oh, darf ich einen Blick in Ihr Büchlein werfen? Bitte sagen Sie doch Thomas zu mir!", bin ich mutig.

„Marie Weißmuth." Lege schützend meine Hand auf das Büchlein. Mein Büchlein gehört mir. Nur mir! Es stellt keine Fragen und gibt auch keine schlauen Ratschläge. Es schluckt alles, was ich ihm anvertraue. Was ich hineinschreibe, kritzle oder zeichne. In ihm ist Marko. Unsere Schwerelosigkeit. Mein freier Fall ins Nichts. Die Kartons meiner Wohnung. Würde ich Thomas einen Blick erlauben, würde er Fragen stellen, müsste ich antworten. Würde er das Buch öffnen, müsste auch ich mich öffnen. Das kann ich nicht. Und ganz ehrlich: Ich will es auch nicht.

„Nein, bitte nicht“, sage ich kurz und klar zu ihm.

„In Ordnung. Noch einen Tee? Du musst doch total durchgefroren sein“, bemühe ich mich, die Situation vorm Kippen zu bewahren.

„Nein danke! Ich glaube, ich mache mich jetzt langsam auf den Heimweg. Muss noch Kartons auspacken“, schiebe ich einen plausiblen Grund vor.

„Macht es dir etwas aus, wenn ich dich begleite? Ein Stück?“ Bin vorsichtig.

„Ja, wenn Sie möchten?“

„Wir waren beim Du!“

„Thomas, wenn DU möchtest“, korrigiere ich wie in der Schule demonstrativ meine Antwort.

Meine nasse Jacke ist kalt und die Ärmel kleben beim Anziehen. Saß wohl etwas zu lange auf der Bank. Nein, das war genau richtig! ‚Marie, nicht immer die Entscheidungen im Nachhinein hinterfragen. Das bringt nix!‘, sage ich zu mir selbst.

Thomas stellt den Kragen seiner Jacke auf und wir verlassen das Turmcafé. Im Gehen erzählt er irgendetwas vom Gemeindefest am kommenden Wochenende und was er noch auf die letzte Minute mit dem Kirchengemeinderat abzustimmen hätte. Doch eigentlich will er nur wissen, ob ich kommen werde. Will ihm darauf keine Antwort geben und so gehe ich auf keine seiner Ausführungen ein. Nicke nur, ohne wirklich zuzuhören.

Jetzt wäre genau der Moment in einem Film, in dem die Frau sagt: „Hier wohne ich. Willst du noch auf ein Glas mit reinkommen?“ Wie so etwas endet, wissen wir. Aber nicht mit mir!

„Thomas, hier wohne ich.“ Mal sehen, wie er reagiert.

„Marie, hat mich gefreut. Dir noch einen schönen Tag“, bleibe ich förmlich.

„Vielleicht sehen wir uns mal wieder in der Kirche. Bin aber nicht so die Gottesdienstgängerin.“ Spreche bewusst nicht das Gemeindefest an. Weiß wirklich nicht, was ich da soll.

„Würde mich freuen, Marie.“

Tür auf und ich stehe wieder vor meinen Kartons mit ihren Edding-Aufschriften: „BÜCHER“, „GLAS ZERBRECHLICH“ oder „GESCHIRR“. Öffne im Vorbeigehen die Deckelklappen eines Kartons und schaue mit dem Vorsatz hinein, endlich mit dem Auspacken anzufangen. Zum Glück steht das Bett schon. Habe es mit einer Freundin aus Dresden aufgebaut. Frauenpower, sonst würde ich heute noch auf dem Boden schlafen. Kenn' mich doch. Schiebe einen Karton in mein zukünftiges Schlafzimmer. Zum Tragen viel zu schwer. Per Fernbedienung befehle ich Tracy Chapman zu singen. „This is not America!“, schallt es aus dem Wohnzimmer und ich beginne auszupacken. Den ersten Karton.

~ ~ ~

Die Kaffeemaschine presst ihre Koffeinbrühe direkt in meine Tasse und ich sitze am Küchentisch. Sollte die Blumen auf dem Fensterbrett mal wieder gießen. Vielleicht ihnen ein Düngerstäbchen geben. Geblüht haben sie noch nie. Ich habe es echt geschafft und alle Kartons sind ausgepackt. Bis auf zwei oder drei, die ich gleich in den Keller gestellt habe. Das Geschirr ist im Schrank, die Bücher – wie kann man nur so viele haben? – ins IKEA-Regal einsortiert. ‚Jetzt bin ich angekommen!', denke ich mir und gieße einen Schluck Tetrapack-Milch in meinen Kaffee. Jetzt nach dem ganzen Umzugsstress habe ich endlich wieder Zeit, Tagebuch zu schreiben. Naja, ich nehme sie mir, weil die Situation gerade zum Schreiben passt und in meinem Kopf sich einiges angesammelt hat. Meist skizziere ich nur flüchtig. Mit Worten. Kuli oder Bleistift, was gerade zur Hand ist. Wenn mein Büchlein nicht gerade in der Jackentasche steckt, liegt es auf dem Kühlschrank, neben dem Toaster. Es ist, glaub' ich, das Einzige, das ich in dem ganzen Chaos noch nie gesucht habe. Ich weiß immer, wo es ist. Schlage es auf und wische mit der flachen Hand die Frühstückskrümel vom Tisch. Beginne zu schreiben.

Ein halbes Jahr liegt hinter mir. Marko hat noch zwei-, dreimal versucht, mich auf dem Handy zu erreichen. Ich hätte meine Nummer ändern sollen, haben mir alle geraten. Diese Bedeutung wollte ich ihm aber nicht geben. Was hätte es denn geändert? Nichts! Er wäre doch weiterhin ein Teil meiner Geschichte geblieben. Neue Telefonnummer? Kindisch! Jetzt bin ich Single. Ich meine, nicht nur, weil es gerade keinen festen Mann in meinem Leben gibt, sondern weil ich im Kopf wieder frei bin. Natürlich denke ich noch an Marko, doch die Abstände werden größer. Die Zeichnungen und gekritzelten Notizen in meinem Büchlein schmerzen nicht mehr beim Durchblättern. Die Porträts von ihm sind nur noch Zeichnungen, mit Geschichte und ohne Zukunft. Ich bin von Dresden nach Westerstede vor dem Schmerz der Trennung geflohen. Nur weg! Doch Thomas – oh Gott, schon wieder ein Mann – ließ mich nicht fliehen. Ich überlege, was ich über ihn schreiben könnte, um mich nicht zu tief in etwas, oder besser in jemanden hineinzuinterpretieren.

Eine Haushälterin hat Thomas nicht. Er kocht selbst. Und das nicht mal schlecht. Manchmal lädt er mich nach dem Gottesdienst zum Mittagessen in seine Wohnung ein. Am besten ist sein Grünkohl mit Kassler. Den Tisch dann meist mit Sonntagsgeschirr eingedeckt. Tiefe und flache Teller zusammenpassend. Alle mit zartem, dünnem Rand. Dunkelblau. Silberbesteck. Mit breitem, dickem Griff. Leicht fleckig. Sympathisch, dass es nicht frisch poliert blinkt. Mit der Küchenschürze um der Hüfte und dem karierten Geschirrtuch über der Schulter sieht er wie ein Herbergsvater und weniger wie ein Pfarrer aus. Ich dachte sowieso immer, Pfarrer tragen nach dem Gottesdienst nur Schwarz. Anzughose mit schwarzem oder höchstens grauem Hemd. Thomas trägt Jeans. Blau und wenn eine schwarze, dann ist sie etwas verwaschen. Der Saum an den Hosenbeinen meist ausgefranst. Dazu ein Hemd. Sonntags weiß und unter der Woche auch mal bunt. Thomas ist kein Mann der Mode. Seine Kleidung kauft er nach Bedarf und Zweck. Ihm fehlt das Gespür für modischen Zeitgeist, und so kann es vorkommen, dass er zum schwarzen Anzug Sandalen trägt. Ausgetretene aus Leder. Solche, in die man beim Zelten schnell hineinschlüpft, um morgens über die tauüberzogene Wiese zur Toilette zu laufen. Dass sie nicht zum Anzug passen, muss ich ihm nicht sagen. Doch kombiniert er Sandalen und Anzug noch mit farbigen, selbstgestrickten Socken, so muss ich schmunzeln. Das geht einfach nicht!

Schreibe ich Tagebuch, so schreibe ich mich frei. Oft sind meine Gedanken schneller als mein Kuli und so fehlt in manchen Sätzen das eine oder andere Wort. Das nochmalige Lesen meiner Zeilen verbiete ich mir. Zu groß ist die Gefahr, dass ich anfange, herumzukorrigieren. Blicke in meine Tasse. Leer! Lege meinen Stift zwischen die Seiten und brühe mir noch einen Kaffee auf. Schreibe.

Ich bin dann doch auf das Gemeindefest gegangen. Anfänglich langweilte ich mich fast zu Tode. Stellte mich immer wieder am Kuchenbuffet an, um nicht dumm rumzusitzen. Doch am Ende war es ganz interessant. Saß neben einer Frau Kurtlowski. Sie erzählte mir von Dresden, vorm Krieg und wie dankbar wir Gott sein müssten, dass wir soviel zum Leben hätten, die Jugend aber nicht mehr danken könne. Wir verstanden uns sofort. Ich gab ihr meine Telefonnummer, falls sie mal etwas bräuchte. Ab und zu, wenn ich sowieso in der Stadt zum Einkaufen bin, bringe ich ihr etwas vom Markt mit. Kurzes Telefonat und der Einkaufszettel ist geschrieben. Ein paar Karotten, eine Zwiebel und etwas Suppengrün. Mehr ist es meist nicht.

Thomas ist gerade in seinen Exerzitien. Neue Bundesländer. Das Einzige, was diese mit Westerstede gemeinsam haben, ist die tiefe Diaspora. Wie hier ist auch dort kaum jemand katholisch. Gestern kam eine Karte von ihm. Habe sie mit Tesa an den Badezimmerspiegel zu den anderen Urlaubskarten von Freunden geklebt. Muss sie nochmals lesen. Stehe auf, nehme meine halbvolle Kaffeetasse und schlendere, in Gedanken an Thomas versunken, ins Bad. Setze mich auf den Toilettendeckel und beginne seine Handschrift Silbe für Silbe zu entziffern.

Hallo Marie,

ich bin gut in meinen Exerzitien angekommen. Die Stille fällt mir schwer, weil meine Gedanken so laut sind. So vieles möchte ich sagen, doch manche Entscheidungen brauchen das Schweigen. Gestern hat es stark geregnet und ich bin bis auf die Haut nass geworden. Musste an unsere Begegnung im Park denken. Wie Du auf der Bank saßt. Ich hoffe, es geht Dir gut.

Grüße

Thomas

Seine Handschrift ist eine Zumutung! In zwei Tagen kommt er zurück. Gehe in die Küche und lege die Karte in mein Büchlein. Was bitte heißt „... manche Entscheidungen brauchen das Schweigen ...“? Was für eine Entscheidung? Verziehe nachdenklich den Mund und trinke einen großen Schluck Kaffee.

Ich hätte es nicht gedacht, doch Thomas, der Liebesprediger, ist mir zum Freund geworden. ‚Na das geht ja fix mit den Männern!', schmunzle ich in mich hinein. Nein, im Ernst, wir unternehmen viel und telefonieren mindestens einmal die Woche. Er regt sich dann meist über die Gremien in seiner Gemeinde auf. Thomas ist kein Sitzungsmensch und Abendtermine hat er aus meiner Sicht auch zu viele. Ohne Thomas hätte ich heute noch keine Regale an der Küchenwand. Er hatte einen Akkuschrauber und ich eine Springform. Seitdem backe ich öfters mal für ihn. Zahle bei ihm so das Montieren der Regale ab. Ich kann eigentlich nicht backen, doch das Internet macht aus jedem eine Küchenfee. Heute kommt er von seiner Auszeit zurück. Natürlich werde ich backen! Der Plan: Pflaumenkuchen. Sein Lieblingskuchen, wegen der Streusel.

Telefon.

Okay, ich gehe noch ran und dann lege ich los.

„Ja, hallo? Weißmuth."

„Hier ist Thomas! Ich bin schon wieder zurück. Wie geht es dir? Hast du Zeit mit mir ins Turmcafé zu gehen? Passt es gerade oder lieber morgen?", überfällt er mich ohne Punkt und Komma.

„Ähm ...", stottere ich überrascht und überfordert zugleich in den Hörer. Der Kuchen?

„Also gerade – ähm – ist es schlecht. Habe Haare gewaschen." Blöde Ausrede.

„Aber vielleicht so in ...", rechne schnell im Kopf die Backzeit zusammen.

„So um 16.30 Uhr, also in anderthalb Stunden?“ Kneife die Augen zusammen. So ein Blödsinn, aber jetzt muss ich's durchziehen.

„Ja, in Ordnung! Aber fürs Turmcafé ist es mir dann zu spät. Nach der ganzen Stille brauch' ich jemanden zum Reden. Darf ich vorbeikommen?“

„Klar!“

Fürs Turmcafé ist es ihm zu spät? Er kommt vorbei? Perfekt! Ideal für meine Überraschung. So, jetzt muss alles wie am Schnürchen laufen! Als erstes ins Bad. Haare waschen. Naja, nassmachen reicht und dann etwas Schaum rein. Sie müssen ja nur frisch gewaschen riechen. Hätte mir nicht eine andere Ausrede einfallen können? „Die Vermieterin hat sich angekündigt!“ oder „Ich treffe mich kurz mit einer Freundin.“? Nein, es musste Haare waschen sein. Egal! Mit einem Handtuchturban um den Kopf stehe ich in der Küche und wasche Pflaumen. Zeitgleich lese ich das ausgedruckte Rezept aus dem Internet. Mürbeteig? Der muss was? Eine Stunde im Kühlschrank ruhen? Die Zeit habe ich nicht. ‚Lieber Teig, ausruhen kannst du dich in der Springform!‘ Nee, die Pflaumen zuckere ich auch nicht. Kommen eh Streusel mit Zucker drüber, denke ich mir und drücke den in Rekordzeit zusammengekneteten Mürbeteig in die runde Form. Einfetten vergessen! Zu spät! Im Teig ist soviel Butter, das muss reichen! Wie viele Pflaumen sind das eigentlich? Hebe die Schüssel an. Vielleicht 700 Gramm oder so. Schnell die Kerne raus und ab auf den Teig. Streusel darüber gerupft und alles in den Ofen. Ab jetzt eine Stunde fünfzehn, dann sollte der Kuchen laut Rezept fertig sein. Und genau diese Zeit werde ich auch brauchen, um die Küche von der Schlacht aufzuräumen, das Tischtuch zu bügeln und im Wohnzimmer einzudecken. Blumen? Ach, egal! Warum mache ich das eigentlich? Ertappe mich im Überraschungswahn für Thomas. Für einen katholischen Pfarrer. Ich hoffe, es ist ihm nicht zu viel. Was er wohl gerade macht?

Ich freue mich sehr auf Marie. Die Zeit, die Stille in meinen Exerzitien – zwei Wochen – war lang. Schweigen streckt die Zeit bis ins Unaushaltbare. Die Gedanken fahren Karussell und suchen Antworten, einen Ausstieg.

Meine Reisetasche steht im Flur. 30 Nachrichten auf dem Anrufbeantworter. Werde sie später abhören. Das kleine Lämpchen blinkt hektisch rot. Sortiere die Post, nach dem Erscheinungsdatum aufsteigend. Briefe und Karten jeweils auf einen Extrastapel.

Marie braucht anderthalb Stunden um ihre Haare zu waschen? Naja, sie ist eine Frau. Nix mit schnell mal unter die Dusche und fertig. Werde die Stille mir ihr brechen. Dem Lauten in mir endlich wieder Worte geben. Stille ist gut, um zu denken, doch wenn sich zu ihr die Einsamkeit gesellt, wird's schwer. Ich bin mir im Schweigen langsam genug.

Hektischer Blick durchs Glasfenster in den Ofen. Die ersten Streusel werden goldbraun. Noch fünf Minuten und dann raus mit ihm. Die Küche blinkt, die Tischdecke gebügelt, im Wohnzimmer den Tisch mit Sonntagsgeschirr eingedeckt. Handgetöpfert, blau glasiert. Jetzt kann Thomas kommen! Schnell den Kuchen zum Abkühlen aufs Gitter gestellt. Es klingelt an der Tür. Wie in der letzten Sekunde eines Backwettbewerbes streue ich den Zucker über den noch heißen Kuchen, wische mir die Hände an den Oberschenkeln ab – alles klebt – und öffne die Tür.

„Thomas, komm rein!“ Gebe ihm zum Gruß nicht die Hand. Die kleinen Zuckerkrümel würden meine Überraschung verraten.

„Es riecht gut! Hast du gebacken?“ Eine Wette: Pflaumenkuchen. Mit groben Streuseln. Backen kann sie!

„Naja, fürs Turmcafé ist es dir zu spät und da habe ich mir gedacht, ich überrasche dich mit einem Kuchen. Soll ich Kaffee aufsetzen?“ Wische mir mit gezuckerter Hand eine Strähne aus dem Gesicht. Teig klebt an meinen Fingernägeln.

„Marie, die Regale sind doch schon abbezahlt!“, scherze ich.

„Zinsen!“ Versuche, den Kuchen mit dem Messer aus der heißen Springform zu lösen. „Möchtest du ihn warm oder sollen wir noch etwas warten?“

„Nein, warm!“ Pflaumenkuchen. Mein Kuchen.

„Komm, wir essen im Wohnzimmer. Habe schon gedeckt.“

„Marie, danke!“, freue ich mich über ihren herzlichen Empfang. Pflaumenkuchen!

Ich weiß nicht, wie viele Stückchen Kuchen Thomas gegessen hat, doch jetzt ist bis auf ein Viertel alles weg. Thomas sitzt im Schaukelstuhl und erzählt von seinen Exerzitien, von der Stille. Vom Schweigen und ich schaue ihn einfach nur an. Seine Schläfen werden grau. Ganz sympathisch. Naja, mit 45 kommt er ins silbrige Alter. Seine Augen blitzen wie immer. Jetzt wäre der ideale Moment ihn zu zeichnen. Schnell seine Züge skizzieren. Nur das Gröbste erfassen. Die Art, wie seine Mundwinkel spitz beim Lächeln auslaufen, sich Grübchen bilden. Die Augenbrauen zu seinen Worten in Wellen tanzen.

Marie sitzt mit verschränkten Beinen auf dem Sofa und hört nur zu. Ihre Finger spielen an den Fransen der Sofadecke. Sie fragt nichts. Lässt mich erzählen. Studiert meine Worte mit den Augen. Ihre Haare noch nicht ganz trocken. Leicht wellig fallen sie über ihre Wangen. Mit ihr ist alles so einfach. Bei Marie muss ich nicht schlau sein, nicht allem einen Sinn geben. Es muss nur ehrlich sein, und genau dafür hat sie ein unglaublich präzises Gespür. Wenn ihre Augen strahlen, zerreißt es mich. ‚Marie ist schön, doch sagen würde ich es ihr nie. Sie würde auf Distanz gehen. Würde nicht verstehen, dass auch ich …‘, denke lieber nicht weiter.

„Thomas, das ist ein Dreisitzer! Ich hole uns mal etwas zu trinken. Saft?“, frage ich ihn leise.

„Lieber ein Wasser.“ Thomas trinkt fast nie Saft.

Aus der Küche höre ich, wie er sich aufs Sofa setzt und das kleine Kissen beim Aufstehen aus dem Schaukelstuhl mit dem Reißverschluss auf das Parkett fällt. Komme mit den Getränken aus der Küche und setze mich zu ihm. Natürlich mit dem nötigen Abstand. Keiner sagt etwas. Die Stille wirft 1000 Fragen in den Raum. Thomas reicht mir sein Glas. Ich nehme es, zwischen uns nur Zentimeter, rieche sein Aftershave, während sich das Wasser aus der Karaffe in sein Glas stürzt. Absichtlich – zufällig – berührt mich seine Hand an der Schulter. Versuche, es nicht zu spüren, damit er mutiger wird. Stelle die Karaffe auf den Wohnzimmertisch und schaue in seine Augen. Die Härchen seiner Brauen stehen in alle Richtungen, Pupillen rennen wie in Gefangenschaft hastig hin und her. Schlucke und bemerke, wie sich dabei mein Kehlkopf trocken hebt und senkt. Blicke treffen sich.

Was passiert gerade? Sollte lieber gehen. Unaufhaltsam nähern sich unsere Köpfe. Pupillen verhaften den Moment. Gebe das Denken auf. Schaue Marie an, taxiere ihre Reaktion. Wie ein Schwamm saugen wir das Jetzt auf. Automatisch streichelt meine Hand ihren Nacken. Alles verschmilzt im Hier. Küssen, das Kribbeln im Bauch, das Strahlen ihrer Augen – alles gleichzeitig. Der Wunsch, es möge nie aufhören. Marie, was machst du mit mir?

Thomas ist über Nacht geblieben. Ich glaub', es war so gegen 3.00 Uhr und wir aßen das letzte Viertel Pflaumenkuchen. Fütterten uns gegenseitig im Bett. Nur ein Teller, ein Löffel und schliefen irgendwann trotz Krümel Arm in Arm ein. Jetzt sitzt Herr Pfarrer in Boxershorts und zerknittertem, weißem T-Shirt am Küchentisch. Wir frühstücken. Ohne Worte. Nichts soll den ersten gemeinsamen Morgen stören. Kein Wort. In meinem Kopf dreht sich alles. Fragen hämmern und wollen raus. Ich habe mit einem Pfarrer geschlafen! Vielleicht hätte wir lieber nicht ... Vielleicht ist es aber auch mal gut, etwas nicht zu definieren und einfach zu leben. Den Moment. Zwischen Körnerbrötchen und Orangensaft. Alles dreht sich in mir. Glühe vor Glück. Explodiere mit jedem Atemzug. Mit jedem Blick in seine Augen.

Streiche mir Butter aufs Brötchen und frage mich, was Marie wohl gerade denkt. Grinsend nippt sie an ihrem Kaffee, blinzelt über den Tassenrand und berührt sanft unter dem Tisch mit ihren Füßen meine nackten Waden. Ich muss irgendwie die Situation klären. Wenn jemand das mit uns erfährt, war's das! Versetzung und so weiter. Und doch war es mit ihr so wunderschön. Zwei Herzen schlagen in meiner Brust.

„Marie!", versuche ich, mit ihr über die letzte Nacht zu sprechen.

„Psst!", legt sie mir zart den Zeigefinger über den Küchentisch auf die Lippen. Alles in mir sehnt sich nach ihr.

„Marie, ich liebe dich!", bricht es ohne Verstand aus mir heraus.

„Thomas, ich weiß!" Mehr sagt sie nicht.

~ ~ ~

Mit Thomas ist alles so geheim. Naja, wie heißt es so schön: „Kein Feuer, keine Kohle kann brennen so heiß, als heimliche Liebe, von der niemand nicht weiß." Seine Predigen sind voller Geheimbotschaften, die nur ich verstehen kann. Nach dem Gottesdienst dann ein distanziertes Verabschieden, ein SIE, das nichts von uns verraten soll. Die Gemeinde kennt nur ihren Pfarrer Markquardt. Einen Mann, der ihre Moralansprüche eines guten Pfarrers erfüllt. Doch Thomas, den kenne ich. Seit drei Jahren lebe ich jetzt in Westerstede. Gehe wieder regelmäßig in die Kirche. Für Thomas oder zur Ehre Gottes ist mir dabei eigentlich egal. Singe im Kirchenchor. Die anderen wissen nichts über ihn. Vermutlich können sie sich von jedem in der Gemeinde ein Privatleben vorstellen. Doch von ihrem Pfarrer? Erzählen sie von ihm, berichten sie nur von guten Predigten und den schönen Jugendfreizeiten. Doch was hinter diesem Mann als Pfarrer steht, benennen sie mit keiner Silbe. ‚Wie auch?', denke ich mir. Ich kenne beide Seiten von Thomas. Die des Mannes und die des Pfarrers. Natürlich mache ich mir so meine Gedanken, was es heißt, mit ihm zusammen zu sein. „Übernimm dich nicht!", sagt Thomas oft zu mir. Einfach ist es nicht! In der Öffentlichkeit ist jeder ein potentieller Feind unserer Liebe. Die ständige Kontrolle vor Anderen. Was sage ich wie zu Thomas? Mit welchem Unterton? Meine Worte müssen stets den Pfarrer in ihm meinen und niemals Thomas. Kleinigkeiten werden teilweise so kompliziert. Eine Postkarte von mir muss versteckt werden. Ein Geschenk so gut überlegt sein, dass es auch im Haushalt öffentlich aufbewahrt werden könnte. Sonst verschwindet es in der abschließbaren Schublade seines Schreibtischs. Zum Geburtstag schenkte ich ihm ein Porträt. Er wünschte es sich. Gezeichnet im Park auf unserer Bank. Als er es auspackte, fragten ihn viele, wer es gezeichnet hätte. Obwohl ich neben ihm stand, sagte er: „Eine Frau aus meiner ehemaligen Pfarrei!" Das saß! Er verleugnete mich in diesem Moment und damit alles, was ich tief in mir für ihn empfinde. In mir zog sich alles zusammen. Wie konnte er so etwas nur sagen? Mich so gezielt verletzen? Es dauerte eine Weile, bis ich verstand: Seine Antwort war ein Schutzschild. Er hatte Angst. Angst vor Fragen, die für ihn als Pfarrer – und für uns – unliebsam enden könnten. Sich erklären zu müssen, obwohl es nichts zu erklären gab. Man beginnt, uns zu beobachten, und alles könnte nur noch viel komplizierter werden. Thomas tat für uns das Richtige, auch wenn es bitter schmerzte.

Wir haben Spielregeln entwickelt, die uns ein WIR ermöglichen. Westerstede ist klein. Es wird schnell geredet. Wenn ich morgens zum Frühstücken zu Thomas gehe, dann nach 9.00 Uhr. Halb zehn ist eine gute Zeit, da denkt sich niemand etwas, wenn ich bei Thomas klingle, obwohl ich längst seinen Wohnungsschlüssel besitze. Würde ich aber morgens um die gleiche Zeit bei ihm aus der Wohnung kommen, so wäre klar, dass ich bei ihm übernachtet hätte und das Fragenkarussell würde sich in den Köpfen vieler drehen. Alles ist zwischen mir und Thomas darauf ausgelegt, keine entlarvenden Verhaltensmuster an den Tag zu legen. Montags ist sein freier Tag. Doch es wäre fatal, wenn ich jeden Montag zu ihm gehen würde. Man würde sich Fragen stellen und uns beobachten. Man würde sich aber genauso Fragen stellen, wenn Thomas jeden Montag einfach weg wäre. Also habe wir uns vier Möglichkeiten für montags einfallen lassen, die wir in unterschiedlicher Reihenfolge durchspielen: Entweder bin ich bei ihm, er bei mir, arbeitet er trotz seines freien Tages bis mittags im Pfarrbüro oder im Vorgarten, damit er in seiner Freizeit auch alleine gesehen wird. Ist es nicht absurd, sich solche Pläne für eine Liebe zurechtlegen zu müssen? Was als großes Abenteuer zwischen uns begann, entwickelt sich mehr und mehr zu einer Lüge, mit der ich, in der ich lebe. Ist das der Preis für die Liebe?

Mit Marie bin ich jetzt seit zweieinhalb Jahren zusammen und eigentlich sollte ich mich schnellstens von ihr trennen, wenn ich sie wirklich liebe. Ich kann ihr als Pfarrer nichts bieten. Bleibe ihr als Partner im Verborgenen immer etwas schuldig. Den Kuss an der Eisdiele, das Händchenhalten im Stadtpark, ein Picknick, vielleicht irgendwann eine Heirat. Eine Familie. Marie sehnt sich danach, ich weiß es. Sie zu lieben, ist wunderbar, auch wenn sie nur mich und nicht den Pfarrer in mir lieben kann. Mein versprochenes Zölibat hat seinen Sinn verloren. Wurde abgelöst durch Liebe. Kann das falsch sein? In meinem Studium sagte mir mal ein betagter Mönch: „Priestersein ist die bedingungslose Hingabe zu Gott als Vater!" Ja, das mache ich. Wenn ich doch Gott in der Liebe zu Marie erkenne, muss ich dann nicht auch diese leben? Halte ich sonst nicht Gott eine Möglichkeit des Wirkens in mir vor? Gebe ich mich nicht Gott ganz hin, wenn ich liebe? Es kann doch nicht darum gehen, auf partnerschaftliche Liebe zu verzichten, zu verkümmern. Will Gott das von mir? Nein, ich will Priester, Seelsorger für die Menschen sein, kein Einsiedler im Zölibat. Und bin es doch. Das sind die Spielregeln. Aber nicht die von Gott, davon bin ich tief in mir überzeugt.

Fahre ich mit Marie in den Urlaub, so sage ich in der Gemeinde, ich würde alleine fahren, um den Kopf freizubekommen. Mir etwas Abstand gut täte. „Nur wer für sich sorgt, kann auch für Andere sorgen!", ich habe es tausendfach gehört. Eigentlich will ich nur mit Marie ausbrechen. Für 14 Tage. Weit weg. Kroatien. Da ich auch Religion unterrichte, gebe ich Lehrer im Hotel als Beruf an. 14 Tage lang einfach nur Thomas sein. Für Marie. Wir spazieren am Strand und es ist ein bisschen so, als wenn wir ein ganz normales Paar wären. Nur auf der obligatorischen Urlaubskarte ans Büro verfalle ich in meine alte

Rolle. Meine Zeilen verklärt und distanziert. Eigentlich nichtssagend, nur, dass es mir gut gehe. Für Marie ist unser Urlaub etwas Magisches. Sie darf meine Frau sein. Es ist offensichtlich, dass wir zusammengehören. Doch immer in der Angst, dass uns irgendjemand sehen könnte, der uns kennt. Die Welt ist klein. Meine mit Marie riesig.

Unsere Beziehung steht immer unter der Anspannung des Verbots. Sie lässt sich nicht ohne Schmerzen leben. Wie oft habe ich über mein, unser Leben nachgedacht. Den Punkt gesucht, der alles einfacher machen würde. Es gibt ihn nicht. Eine Abwägung zwischen Marie oder meinem Beruf ist unmoralisch. Unmenschlich. Als ich mich in jungen Jahren für meinen Beruf, für die Weihe entschied, vom Zölibat wusste, vertraute ich auf Gott: Er möge mir in schweren Stunden einen Weg aufzeigen mit, in dem Zölibat zu leben. Doch je älter ich werde, desto mehr bin ich davon überzeugt, dass Gott nicht möchte, dass ich unter seiner Berufung leide. Es mag vielleicht wie eine zurechtgelegte Erklärung klingen, die mein Handeln, meinen Zölibatsbruch legitimieren soll, doch so ist es nicht. Für mich steht noch vor dem Wort – am Anfang – vor der Schöpfung, die Liebe. Nur aus Liebe tut Gott etwas. In der Liebe ist der Mensch nicht berechnend. Er ist wahr! Was pathetisch klingt, doch in die Liebe stelle ich mich als Priester. Liebe verbindet. Macht im Gegenüber stark. Ist es nicht wunderbar, dass jeder Mensch SEINE Liebe auch ganz eigen, unbeschreiblich lebt? Es gibt Menschen, die können Liebe dem Nächsten geben, ohne sich im Privaten partnerschaftlich zu sehnen. Bleiben neutral. Doch welche Lebensrealität teile ich mit den Menschen meiner Gemeinde, wenn ich Marie lieben will und es partnerschaftlich nicht darf? Wie unehrlich bin ich, wenn mir eine Frau unter Tränen die Trennung von ihrem Mann erzählt, in mir alles schreit, weil auch ich den Dorn der Liebe kenne und ich ihr nicht mit meinem Leben antworten darf, sondern mit der Abgeklärtheit eines Priesters antworten muss? Wie ehrlich könnte ich sein, wenn das Zölibat freiwillig und nicht Bedingung meines Berufes, meiner Existenz, wäre?

Thomas zu lieben ist wunderschön schmerzhaft. Die Momente mit ihm, wie süßes Gift, an dem sich unsere Herzen laben. Wenn ich mein Tagebuch nicht hätte, wüsste ich mit meinen Gedanken nicht wohin. Ihm kann ich alles anvertrauen: Die größten Glücksgefühle, das Dahinschmelzen bei einem Lächeln von ihm, den abgrundtiefen Schmerz, wenn Thomas mich kühl in der Öffentlichkeit abweisen muss. Meine Tränen abends im Bett, wenn mich das Geheime erdrückt.

Jemanden zu lieben ist doch immer richtig. Warum werden wir gezwungen, durch das Schweigen zu lügen? Natürlich kann man mir jetzt sagen: „Trenn dich. Das hat doch alles keinen Sinn. Marie, du kannst mit einem Priester nie glücklich werden." Doch würde Gott wirklich einen liebenden Mann bestrafen? Ihm die Liebe zu einer Frau als Sünde auslegen? Ihn vom Dienst entheben? Weil er liebt? Nein, das würde er nicht. Jesus selbst hat eine Ehebrecherin freigesprochen und damit vor der Steinigung bewahrt. „Wer ohne Sünde ist, werfe ...", man kennt diesen Satz. Doch bei Thomas und mir geht es noch nicht einmal um Sünde! Ich frage mich, woher nimmt dann eine Institution – letztlich Menschen – das Recht, eine

Partnerschaft zu verbieten? Mit Konsequenzen zu steinigen? Zur Heimlichkeit zu zwingen?

Liege auf meinem Bett und starre an die Decke. Denke so viel gleichzeitig, dass ich nicht mehr hinterherkomme. Versuche, zu schlafen und sehe vor mir, wie einfach alles sein könnte ohne das vernichtende Pflichtzölibat. Ohne diese Daumenschrauben an meiner Seele. Thomas kann nicht für immer zwei Leben leben und ich will es auch nicht. Zweimal 50 Prozent Leben sind immer 50 zu wenig und niemals 100. Die Kirche könnte authentische Priester haben, doch mit dem Pflichtzölibat erreicht sie bei Vielen genau das Gegenteil. Es gibt mit Sicherheit Männer, die das Zölibat wirklich leben können. Für mich, ich bin keine Theologin, sollte das Zölibat ein Teil der Meinungsfreiheit sein. Eine freiwillige Entscheidung, die immer wieder persönlich hinterfragt werden muss – darf –, damit sie das Leben füllt und nicht in der Heimlichkeit spaltet. Doch die Kirche als Institution wird das nie verstehen. Priester werden immer älter. Gemeinden müssen immer längere Vakanzen hinnehmen, weil der Priesternachwuchs fehlt. ‚Aber sägt ruhig weiter an dem Ast, auf dem ihr sitzt', schmunzle ich polemisch in mich hinein.

Ich muss mit Marie reden. Werde mich von ihr trennen müssen und doch will ich sie nicht verlieren. Muss sie verletzten, sie wird mich hassen, und ich, ich will sie nur umarmen. Schwer tippe ich ihre Nummer ins Telefon. Es klingelt. Freizeichen. ‚Hoffentlich ist sie nicht da!', denke ich mir.

„Hallo! Hier ist der elektronische Freund von Marie Weißmuth. Leider ist Marie nicht zu Hause, doch hinterlasst einfach eine ..."

„Weißmuth!“ Marie nimmt ab.

„Hallo Marie! Hier ist Thomas“, stottere ich in den Hörer.

„Thomas, schön dass du anrufst. Ich wollte dich auch gerade anrufen und fragen, ob du nicht Lust zum Grillen hättest. Ich habe noch Würstchen im Kühlschrank, die sollten gegessen werden, und frisches Brot vom Bäcker. Kommst du?“

„Ja, gerne!“ Ich sollte ihr absagen. Abstand würde eine Trennung leichter einleiten. Vielleicht sogar, ohne dass ich ihr etwas sagen müsste. Ich kann es ihr nicht sagen. Und jetzt grillen? Bei ihr? Reibe mir vor Anstrengung die Augen.

„In einer Stunde bei mir? 18 Uhr?“ Ihre Frage klingt süßlich.

„Soll ich etwas mitbringen?“ Sie hat mich wieder.

„Nein, nur Hunger und deine gute Laune!“

Gute Laune? Die Anspannung zerfetzt mich. Das Hin und Her zwingt meinen Geist in die Knie. Wie fädelt man eine Trennung ein, die man selbst nicht will und die man für eine absolut falsche Entscheidung hält? Die erzwungen wird? ‚Marie, wir müssen reden!‘, klingt nach der ganzen Zeit etwas abgedroschen. Noch 45 Minuten, dann sollte ich wissen, was ich sage. Worte haben, die sie verstehen könnte. Aber wie soll sie mich verstehen, wenn jede Pore meines Körpers nach ihr schreit und versucht, die Vernunft zu übertönen? Ich kann ihr das nicht sagen. Alles in mir wehrt sich gegen diesen Schritt. Ist es denn falsch, das Richtige zu tun?

Ich freue mich auf Thomas! Nur noch das Salat-Dressing. Die Pinienkerne in der Pfanne leicht anrösten, dann wäre ich soweit. Der Tisch auf der Veranda ist gedeckt. In der Mitte eine Kerze im Glas. Gegen die Mücken. Für Thomas ein Bier und für mich eine Weißweinschorle. Besteck mit Plastikgriff. IKEA. Sommerzeit. Ich liebe es, mit ihm bis in die Nacht draußen zu sitzen. Ihn anzusehen. Seine Hand unterm Tisch zu halten und ihn über den Tisch mit den Augen zu lieben. Heimlich. Intensiv, mit Blicken. Die Hecke des Nachbarn könnte höher sein.

Wenn ich jetzt auf den kleinen, weißen Klingelknopf drücke, wird sich alles für uns ändern. Stehe vor Maries Tür. Will sie sehen und habe einfach Angst vor dem, was jetzt kommen wird.

Mit einem Kloß im Hals drücke ich auf ‚Marie Weißmuth'. Warte. Atme tief durch und klingle nochmals. Abrupt öffnet sie, wie immer lächelnd, die Tür.

„Sorry, Thomas, ich hab' die Klingel nicht gehört. War gerade auf der Veranda. Komm rein."

„Ich hoffe, du hast dir nicht zu viel Arbeit gemacht. Ich habe leider nur bis Acht Zeit und keinen großen Hunger", versuche ich, ihre gute Laune bereits an der Wohnungstür zu drosseln.

„Oh, naja, ich habe dich mit dem Grillen auch etwas überfallen. Aber jetzt komm erstmal rein."

Warum muss sie jetzt Verständnis haben?

„Möchtest du ein Bier?"

„Gerne!" In meinem Kopf spiele ich alle Einleitungen dieser Welt für eine Trennung durch.

„Kannst du dich kurz um die Würstchen auf dem Grill kümmern? Ich hole schnell den Salat aus der Küche."

„Ja, mach' ich!" Ich muss es ihr sagen. Nach dem Essen. Jetzt passt es wohl nicht.

Thomas sieht gut aus. Er gehört zu den Männern, die ihre eigene Hilflosigkeit als Attraktivität verkaufen. Er kann das perfekt. Schaut dich an und du denkst, was für ein Mann! Besonders schön ist Thomas, wenn er nachdenklich ist. Ohne zu zwinkern sitzt er in seinem Stuhl, hält in der rechten Hand sein Bierglas und schaut in die Luft. Meine Augen tasten sein Profil ab.

„Marie, ich muss dir etwas sagen." Ich schlucke und versuche, ruhig zu atmen.

„Ja, Thomas?"

„Marie ...", kann nicht weitersprechen und eine Welle der Traurigkeit ertränkt jedes Wort in mir.

„Ja, Thomas? Was ist?" Schaue ihm in die Augen, um daraus seine ungesagten Worte lesen zu können. Thomas verbirgt sein Gesicht in den Händen und weint.

„Thomas, was ist mit dir?"

„Marie, ich ..." Ich kann es ihr nicht sagen. Schluchze. „Ich, ich liebe dich einfach!", bricht die Wahrheit aus mir heraus, obwohl sie das schon lange weiß. Ich kann ihr den Stich der Trennung nicht versetzen. Tröstend nimmt sie mich in den Arm und ich ergebe mich meinen Tränen.

Werde mich entscheiden müssen. Verstehe das nicht. Die Radikalität meines Berufes nagt an mir. Warum entscheide ich mich nicht einfach für Marie? Warum kann ich meinen Beruf nicht für die Liebe aufgeben? Mein

Leben ohne meinen Beruf wäre wie nicht mehr zu atmen und mich von Marie zu trennen, wie zu verdursten. Beides ist mir wichtig. Ich kann nicht ohne das eine und ohne das andere auch nicht. Mein Beruf ist Inhalt meines Seins. Grundlage meines Denkens – alles, was ich bin. Ich habe Angst bei einer Entscheidung zu verbluten. Leer dahin zu leben. Dem Schmerz zu erliegen. Ich habe die Wahl zwischen Pest und Cholera. Ich möchte den Menschen von Gott erzählen, Zeugnis geben von seiner Gegenwart. Doch Priestersein ist für mich mehr. Es ist die tiefe Sehnsucht, Gott durch den Dienst am Nächsten zu dienen. Mit Liebe. In Liebe. Mit Marie. Ich kann nichts anderes als Priester zu sein. Dazu bin ich tief in mir berufen. Würde ich mich zu Marie bekennen, würden sie mir diese Berufung aus dem Leibe reißen. Wäre nicht mehr der Thomas, den Marie heute liebt. Ich würde mich mit Sicherheit so sehr verändern, in mir zusammensacken, dass auch unsere Beziehung nicht mehr haltbar wäre. Ich muss Priester sein, um in mir leben und Marie lieben zu können.

Es kommt immer öfter vor, dass Thomas von der einen auf die andere Minute traurig wird, doch so geweint wie jetzt in meinen Armen hat er noch nie. Er sagt immer, dass er mich liebe. Ich weiß, je leiser er schluchzt, desto lauter schreit alles ihn ihm. Streiche ihm beruhigend über die Haare. Ich wünschte, ich könnte sein Herz heilen. Es schlägt für mich. Doch unter welchem Schmerz? Ich liebe ihn. Sehr.

„Marie, ich möchte dich einfach nur lieben dürfen und werde dir immer etwas schuldig bleiben. Du hast einen ganzen Mann verdient", schluchze ich mich an Maries Hals.

„Thomas, ich liebe dich! Wirklich. Schau mich an!" Gebe Thomas einen Kuss auf seine verweinten Lippen. Sie schmecken salzig.

Maries zarte Küsse vertreiben den Platzregen in mir, die Sturzbäche meines Herzens. Nehmen mir das schlechte Gewissen ihr gegenüber. Langsam beginnen meine Finger, in ihrem Nacken mit den Haaren zu spielen. Schauen uns in die Augen und wissen, dass wir das Richtige tun. Marie nimmt meine Hand und zieht mich von der Veranda ins Wohnzimmer. Wirft im Vorbeigehen die Sofadecke von der Couch, lassen uns fallen, und hört nicht auf mich zu küssen. In mir beginnt alles zu glühen. Ein Hemdknopf fällt zu Boden. Das Hemd springt auf und Maries warme Hand streicht mir über die Brust. Kann das falsch sein?

„Marie!", flüstere ich ihr ins Ohr. „Wir können so nicht weitermachen!" Doch sie erobert mit jeder Bewegung und dem Glanz in ihren Augen auch die letzte Bastion meines Verstandes.

„Doch können wir", antwortet sie ganz leise.

„Oh Marie!"

„Wolltest du nicht um Acht gehen? Wie spät ist es?"

„Nicht jetzt!", hängt Thomas an meinen Lippen und weiß, wie er mich berühren muss.

„Nicht jetzt!", wiederhole ich leise seine Worte und schmunzle mich tief in meine Glückseligkeit hinein.

Es ist einfach wunderbar, sich in ein warmes Kissen zu kuscheln. Grinsend noch etwas zu dösen. Thomas sitzt auf der Bettkante, fährt sich durch die Haare und gähnt. Wenn er sich jetzt zu mir herumdreht, stelle ich mich blitzschnell schlafend. Will noch einmal von ihm erobert werden. Thomas blickt über seine Schulter zu mir. Sofort schließe ich die Augen und warte auf seine Berührungen. Er glaubt mir mein Schlafen. Streicht mir die Strähnen aus dem Gesicht und gibt mir einen zarten Kuss auf die Stirn, der mich ‚erwachen' lässt. Sein „Guten Morgen!" prickelt in mir. Gähne künstlich und robbe zu ihm an die Bettkante. Lege meinen Kopf an seine nackte Schulter.

„Guten Morgen! Kaffee?", frage ich verschlafen.

„Gerne!" Marie ist schön.

~ ~ ~

Wenn ich mich mit Thomas streite, vergesse ich mich ganz. Lasse dem Schmerz in mir freien Lauf. Sitze auf meinem Bett und blättere im Tagebuch. Thomas liegt neben mir und schnarcht. Es ist komisch alte Einträge zu lesen und festzustellen, wie sich alles verändert hat. Alles, was am Anfang so unumstößlich schien, für die Ewigkeit ersehnt war. Zeilen erscheinen mir fremd, als wenn sie nie von mir geschrieben worden wären. Das große Abenteuer Liebe ist nach acht Jahren im Meer der Realität ertrunken. Ich frage mich immer und immer wieder: Wenn Thomas mich liebt, warum vertraut er dann nicht unserer Beziehung und gibt für ein UNS seinen Beruf auf? Warum erdrückt er mich mit dem ‚Schweigen müssen'? Liebt er mich wirklich? Oder bin ich in seinem Leben neben seinem Beruf nur eine attraktive Sättigungsbeilage? Gedanken beginnen, mich zu quälen.

Wir streiten viel, werden laut und sagen Worte, die wir später bereuen. Je länger ich in meinem Tagebuch lese, desto mehr wird mir klar, dass Thomas mich nicht versteht. In ihm argumentiert mehr und mehr der Priester. Nichts mehr von der Leichtigkeit des großen Abenteuers. Thomas sieht mich als Gefahr und nicht als seine Freundin Marie.

Mir fehlt die Kraft, um Thomas zu kämpfen. Er hat mich ganz und ich nur den Rest, den mir seine Kirche von ihm übrig lässt. Das macht mich wütend. Doch was mich am meisten lähmt, ist die Tatsache, dass ich mit niemandem darüber reden kann. Ich fresse alles in mich hinein. Schlucke alles runter. Jeder würde nur sagen: „Das hast du doch vorher gewusst!" Wie schlau! Wie sollte ich bitte wissen, was es bedeutet, versteckt zu werden? Wie sich Distanz auf Nähe anfühlt? Wie erdrückend die Heimlichkeit sein kann? Wir waren am Anfang stark, glaubten alles zu schaffen und dass die Liebe letztlich alles besiegt. Doch sie tut es nicht. Spräche ich mit jemandem über meine Beziehung, so müsste ich Thomas, meinen Freund, als Priester entlarven. Doch jeder Mitwisser wäre eine Gefahr. Ich schweige, um Thomas zu lieben und zerbreche fast daran. Für Außenstehende ist immer alles so einfach: eine Frage der Entscheidung. Meinungen werden in Sekundenschnelle gebildet. Ganz abstrus wird es, wenn Menschen beginnen, Vergewaltigungen von Kindern und Jugendlichen mit dem Pflichtzölibat in Verbindung zu bringen. Missbrauch von und sexuelle Handlungen mit Schutzbefohlenen sind eine Straftat. In ernster Beziehungsabsicht zu einem Partner oder Partnerin das Pflichtzölibat zu brechen, wenn auch nur im Geheimen, ist aus meiner Sicht vernünftig und richtig, weil sonst das Zölibat den Menschen bricht. Der Dienst als Priester muss ein menschlicher sein und dazu gehört auch die freie Entscheidung, lieben zu dürfen. Jedenfalls für mich als Frau.

Rutsche auf der Bettkante hin und her und denke mich in Rage. Stelle mir eine Audienz beim Bischof vor und überlege mir, was ich ihm sagen würde, wenn ich nur könnte, wie ich wollte. Versuche, scharf zu denken und meinen Standpunkt klar und nicht polemisch auf den Punkt zu formulieren.

Die Kirche weiß nicht, was sie mit dem Pflichtzölibat in den Herzen vieler anrichtet. Warum gibt sie die Entscheidung zum Zölibat nicht frei? Wovor hat sie nur solche Angst? Die Austrittszahlen schießen in die Höhe und Priester werden Mangelware. Pfarrer können dem Einzelnen nur noch schwer gerecht werden. Statt hier strukturell gegenzusteuern, wird das Ehrenamt bemüht und das Image mit Kirchentagen und Events frisch gestrichen. Doch der Putz dahinter bröckelt. Gebt die Priester in Vernunft frei! Lasst sie leben. Lieben! Selbst entscheiden. Es gibt Menschen, für die ist das Zölibat die richtige Form, das stimmige Lebenskonzept, um Priester zu sein. Diese sollen in ihrem Beruf so leben, weil es für sie authentisch ist. Es gibt aber auch die, für die eine Beziehung das Fundament einer Gotteserfahrung ist. Die Kirche kann doch nicht verlangen, sich im Zölibat zu kasteien. Wo ist hier die Unantastbarkeit der Menschenwürde? Blühe in meiner Argumentation auf. Und das vor meinem ersten Kaffee am Morgen. Natürlich würde die Kirche, also die Bischöfe, die letztlich auch alles Männer sind, antworten: „Der Priesteramtskandidat stellt sich nach reiflicher Prüfung seiner Person mit der Weihe aus freien Stücken in diesen

Kontext." Ja, das mag in jungen Jahren vielleicht stimmen, doch die Konsequenzen einer solchen Entscheidung sind lebenslänglich. Die Berufung zum Priesteramt darf nicht an der Berufung zum Zölibat entschieden werden. Das Leben ist die Basis der Berufung und das darf sich verändern. Entwickeln. Zermartere mir das Hirn, während sich Thomas die Bettdecke um die Beine wickelt, gähnt und langsam aufwacht. Der Bischof hätte keine Chance. Ich bin in Höchstform.

„Guten Morgen!", Thomas knüllt das Kissen unter seinem Kopf zusammen.

„Morgäään!" Sein Gähnen bittet mich, von der Bettkante aufzustehen und einen Kaffee aufzusetzen.

„Wie spät haben wir?", fragt er.

„Genau 9.32 Uhr", antworte ich präzise, mit einem Schmunzeln im Gesicht. Thomas schläft nochmal ein und kommentiert meine Antwort mit einem Schnarcher aus der tiefsten Tiefe seines Körpers. Wie kann man nur so schnarchen?

Habe den roten Faden meiner Gedanken verloren. Gebe den inneren Kritikmonolog auf und koche Kaffee. Thomas ist aufgestanden. Höre das Plätschern der Dusche bis in die Küche. Seine Arien auf ‚Na Na Na'.

„Marie, ich habe kein Handtuch!" Wie auf Knopfdruck hört das Wasserplätschern auf.

„Moment!" Früher hätte mich der Gedanke Thomas nackt ohne Handtuch in der Dusche halb verrückt gemacht. Heute erregt mich das nicht mehr. Ich wundere mich eher, dass es ihm nicht vorher eingefallen ist, dass er nach dem Duschen ein Handtuch bräuchte.

Heute ist Montag, sein freier Tag. Aber deswegen noch lange nicht unserer. Zum Beginn unserer Beziehung schützte Thomas diesen Tag für uns. Klar ging er mal bis Mittags ins Büro, doch wir brannten nacheinander. Montag war unser Tag. Heute ist es nur noch sein Tag und ich arrangiere mich damit. Nein, eigentlich nicht, aber ich kann auch nicht mehr diskutieren. Mir fehlt die Kraft dazu.

Montag. Werde ins Büro gehen. Religionsstunden vorbereiten, Texte für die Beerdigung raussuchen und am besten noch die Predigt für die Hochzeit am Sonnabend schreiben. Sie ist Protestantin, er Katholik. Mischehe. Wische mit dem Handtuch einen Sichtstreifen in den beschlagenen Spiegel. Marie mag das nicht, aber wie soll ich mich sonst rasieren? Brauche einen Kaffee.

„Thomas, Frühstück ist fertig! Soll ich dir schon Kaffee eingießen?"

„Komme gleich! Nein, brauchst du nicht." Spanne die Oberlippe über die Zähne und versuche, im Duschnebel nicht zu viel meines Oberlippenbartes wegzurasieren und beide Seiten gleich aussehen zu lassen. Drehe den Kopf nach rechts und links. Sehe nichts in diesem verflixten Spiegel!

„Komme gleich!", versuche ich, noch ein, zwei Minuten Zeit zu schinden.

„Ich warte!" In der Melodie ihrer Worte liegt ein gewisser Vorwurf. Ungeduld.

„So, guten Morgen!" Gebe Marie einen Kuss auf die Stirn und setze mich.

„Morgen!"

„Milch?"

„Im Kühlschrank", antwortet Marie kurz angebunden.

„Werde heute ins Büro gehen. Es ist die Woche vieles liegen geblieben."

„Heute ist Montag, Thomas?"

„Ja, aber es muss sein."

„Und wir?" Ich mag es nicht, wenn Marie mich mit diesem provozierenden Unterton fragt.

„Marie, ich habe einen Beruf!"

„Ach? Ich dachte, montags wäre dein freier Tag?" Marie setzt ihre Spitzen treffsicher.

„Ja, aber mein Beruf geht vor!"

„Vor? Vor was?", fragt sie provozierend.

„Marie, lass doch bitte diese Art des Fragens. Das verletzt mich!"

„Das verletzt dich? Weißt du, was mich verletzt? Wenn du montags, an unserem Tag, deinen Beruf vorschiebst und ich das zu akzeptieren habe!", bricht es aus mir heraus.

„Marie, du wusstest von Anfang an von meinem Beruf. Ich habe dir nie etwas vorgemacht. Dir die Karten auf den Tisch gelegt. Du hast gewusst, auf was du dich mit mir einlässt!" Ich mag ihre Vorwürfe nicht. Entziehe mich ihnen zum Schutz.

„Bitte? Ich habe gewusst, worauf ich mich einlasse? Das kann doch nicht dein Ernst sein! Natürlich habe ich gewusst, dass du Pfarrer bist und somit eigentlich im Zölibat leben musst, aber woher soll ich denn bitte gewusst haben, wie es ist, im Geheimen zu lieben? Hast du denn gewusst, als du dich auf mich eingelassen hast, wie es sein wird, mit mir dein Gelübde zu brechen?“ In mir steigt Wut und tiefe Traurigkeit auf. Möchte Thomas am liebsten aus der Wohnung werfen.

Keiner sagt ein Wort. Im Schweigen bekriegen sich unsere Argumente. Der Moment das Schlachtfeld des eigenen Standpunktes. Wie eine Rasierklinge ritzten sich seine Worte in meine Seele ‚Ich hätte gewusst, worauf ich mich einlasse.‘ Thomas wäscht sich rein. Mein Herz beginnt zu bluten und Tränen steigen in meine Augen. Stolz verbietet mir, sie zu zeigen.

Thomas schweigt in den Raum. In den Augen stehen ihm die Gedanken. Dafür kenne ich ihn gut genug. Sein Schweigen steigert meinen Schmerz ins Unermessliche. Er muss doch etwas sagen! Alles bricht zusammen. Ich würde gern etwas zu ihm sagen, doch bringe kein Wort heraus.

„Marie, ich gehe jetzt“, bricht er die Stille und zieht damit seine Krieger vom Schlachtfeld ab. Ich kann nichts sagen und sehe ihm erstarrt nach. Entschlossen fällt die Tür ins Schloss und eine Welle der Traurigkeit überrollt mich. Sitze am Küchentisch und ertrinke in mir.

~ ~ ~

Liebe überwindet nichts. Gar nichts! Wie sollte sie auch? Ohne den Menschen ist sie tot. Begraben. Nur ein großes Ideal. Eines, an dem man sich festklammert, um den Schmerz zu ertragen, wenn sie geht. Nehme meine Umgebung betäubt wahr. Manchmal, wenn der Schmerz zu stark ist, rufe ich Thomas an. Immer mit dem geheimen Wunsch, er würde doch zurückkommen. Ja, ich weiß, ich sollte nicht. Die Art, mit der er sich am Telefon meldet, die Mauer zwischen uns in seinen Worten im Plastikhörer, gibt mir und meinen Gefühlen keinen Raum mehr. Keine Luft mehr für mein Herz zum Atmen. Ich erreiche ihn nicht mehr. Nicht mit Worten. Nicht mit Tränen. Zwischen uns ist eine unendliche Leere, ein Vakuum. Wie man sich doch an einen Menschen gewöhnen kann. Selbst Schuld! Streiche mir die Haare aus dem verheulten Gesicht – mein Kopf glüht – und klage, um Thomas zu schützen, die Kirche für meinen Schmerz an.

Ehrlich gesagt, komme ich auch nicht mehr zu wirklich neuen Argumenten. Es gibt einfach keine anderen als die in meinem Kopf. Egal, wie oft ich an unserem Thema rumdenke, ich drehe mich im Kreis und renne gegen eine Wand aus Sturheit und Phlegmatismus. Der Schmerz beginnt, sich an meiner Trauer zu nähren. Tagebuch führe ich nicht mehr. In mir ist kein klarer Gedanke. Will auch unser Glück nicht mehr nachlesen. Tiefe Traurigkeit lässt mich an jedem Ort in Westerstede überflüssig erscheinen. Thalenweide – der Park – kein Ort mehr der gemeinsamen Begegnungen mit Thomas. Wenn Orte in guten Tagen beginnen, Geschichte für einen zu schreiben, kann die Erinnerung an sie am Ende unendlich schmerzen. Den Zauber von einst zerstören.

Mache mir einen Kaffee. Tappe durch die Küche, gequält von meinen Gedanken. Setze mich an den Küchentisch und denke an die Situationen, in denen Thomas mir noch gegenüber saß. Pflaumenkuchen. Er mochte ihn immer sehr. Je mehr ich mich erinnere, desto mächtiger schwillt die Flut der Traurigkeit in mir an. Wie leise doch der Mensch wird, wenn das Herz schreit. Versuche, in meinen Gedanken Thomas gegenüber fair zu bleiben, doch ich es gelingt mir nicht. Ihn anzuklagen wandelt meinen Schmerz in Wut und gibt mir Halt.

Wie füllt man ein Loch in sich, das so groß ist, dass man selbst hineinfällt? Ich bin enttäuscht, dass Thomas sich nach der ganzen Zeit mit mir – mit uns – nicht für mich entscheiden konnte. Sich ihm von der Kirche aufdiktieren ließ, dass eine Entscheidung für ein UNS eine Entscheidung gegen seinen Beruf bedeutete. Was hätten wir denn tun können? Der Kaffee in meiner Tasse dampft vor sich hin. Nichts! Nichts hätten wir tun können. Wir haben alles richtig gemacht. Thomas hat sich entschieden, gegen mich und damit für seinen Beruf. Kann meine Tränen nicht unterdrücken. Gedanken fressen mich auf. Alle hatten recht: „Marie, mit einem Priester kannst du nicht glücklich werden!“ Ich wollte es ihnen beweisen und es ging auch einige Zeit gut. Wir waren glücklich. Doch je mehr ich daran denke, desto mehr zerfleischt es mich innerlich. Am schlimmsten aber ist das Gefühl, überall am falschen Ort zu sein. Sich überall überflüssig zu fühlen. Meine Wohnung beengt mich. Geschenke von Thomas, Ausstellungsstücke unserer Geschichte, sauber in Reihe aufgestellt. Über was ich mich einst so freute, schmerzt mich heute umso mehr. Die Bezüge haben sich geändert. Der kleine Clown in der Schneekugel auf dem Fensterbrett lacht nicht mehr, sondern grinst schadenfroh sein „Ätsch!“

Ziehe meine Jacke an, um auszubrechen. Schwer fällt die Wohnungstür hinter mir ins Schloss. Zucke schreckhaft zusammen. Wohin jetzt? Wäre ich nur in Dresden geblieben! Betrete die Straße. Wie so oft, wenn ich in meinen Gedanken nicht mehr weiter weiß, gehe ich in den Stadtpark. Doch selbst der gehört in meinem Leben nicht mehr nur mir. Warum bin ich damals nur im Regen von der Bank aufgestanden? Damit fing doch alles an. Was ging denn Thomas meine nasse Kleidung, meine Gesundheit an? Zwinge mich, in meinen Gedanken gerecht zu bleiben. Fällt schwer. Langsam, ohne es zu bemerken, gehe ich genau auf die Bank zu, wo alles begann. Der ganze Mist. Passanten drehen sich um. Meine Gedanken waren wohl etwas laut. ‚Mensch, Marie!', tadle ich mich selbst still.

Mit einem Pfarrer zusammen zu sein, ist wie an der Seite eines verheirateten Mannes zu leben: Du bist immer die Dumme. Die Wartende. Die, die nach einer Möglichkeit, die Sehnsucht in der geheimen Begegnung zu stillen, sucht. Die Treffen emotional hochdosiert, wie ein Brühwürfel auf der Zunge. Du schreist nach Wasser, um die Konzentration des Moments als Delikatesse des Lebens genießen zu können. Doch der Brühwürfel macht abhängig und am Ende stelle ich nun fest, dass es auch kein Wasser zum Verdünnen mehr gibt. Dass die Kirche den Hahn zugedreht hat und ich alleine in meiner eigenen Wüste stehe und verdurste.

Die Bank wurde frisch gestrichen. Eine dicke Farbschicht auf unserer Geschichte. Setze mich und werde einen Teufel tun, für einen Mann aufzustehen. Es beginnt zu regnen. Tropfen betäuben Schmerz und Wut. Thomas fehlt mir. Vereinzelt ziehen Passanten an mir vorbei. Der Regen ist stärker geworden. In jedem vorbeieilenden Mann sehe ich für den Bruchteil einer Sekunde Thomas. Atme erleichtert durch, bei jedem, der er nicht ist. Was sollte ich auch Thomas sagen, wäre er es? Was hart klingt, ist wahr: Wir haben uns nichts mehr zu sagen. Er hat sich entschieden. Sein gutes Recht. Pflicht. Doch glaube ich ihm nicht, dass es für ihn die beste Entscheidung war. Er zahlt einen zu hohen Preis für seinen Beruf. Regen dringt mehr und mehr durch meine Jacke. Aus dem Kühl ist ein Nass geworden. Verlasse meine Bank und gehe wie schon hunderte Male zuvor ins Turmcafé. Hoffentlich ist Thomas nicht da. Heute ist Montag. Sein freier Tag.

Ich bin immer noch im Schlafanzug. 10.30 Uhr – das geht nur montags. Und ja, jetzt bin ich wirklich wieder frei. Oder auch nicht! Das schwankt bei mir. Ich habe es geschafft, mich von Marie zu trennen. Bin wieder nur ich und doch hinterlässt sie ein Loch in mir. Ein schlechtes Gewissen. Meistens fehlt sie mir am Abend. Das Sofa zu groß für mich alleine. Doch ich musste mich von ihr trennen. „Wenn die Beziehung destruktiv wird, trennen wir uns!", das haben wir immer gesagt. Wir haben diesen Punkt tatsächlich erreicht. Ich konnte die ewigen Vorwürfe bezüglich meines Berufs nicht mehr hören. Ihre Argumentationsmonologe wiederholten sich mehrmals täglich, immer und immer wieder. Jetzt bin ich allein. Sie auch. Wie es ihr wohl geht? Rufe nicht an.

Schlürfe träge ins Bad. Stehe vorm Spiegel. Mein Porträt streifig mit getrockneten Spritzern. „Wirst auch immer grauer!", sage ich zum Ich im Spiegel. Putze mir zum „Großen Tor von Kiev" aus dem Wohnzimmer die Zähne. Ich liebe diese Aufnahme. Schwer und imposant, dazu das rhythmische Hin und Her der Zahnbürste. Bin Dentaldirigent im Schlafanzug. Ohne sie.

Lebenspfand – Geld stinkt nicht

Ja, natürlich ziehe ich Handschuhe an! Meinen Sie, ich fasse da ohne hinein? Sie vielleicht? Was für eine Frage. Hier, nehmen Sie die Flasche und stecken Sie sie in den Beutel zu den 25ern! Gucken Sie nicht so – Geld stinkt nicht. Na, Ihr's vielleicht. Werden sich an einiges gewöhnen müssen, wenn Sie mich unbedingt begleiten wollen. Ihre Entscheidung, nicht meine. Jetzt kommen Sie, wir haben noch zwölf Gleise. 36 Mülleimer. Wenn wir Glück haben, macht das neun Euro. Arbeiten Sie in Ihrem Büro – Sie arbeiten doch in einem Büro? – auch so zögerlich? Nein? Auch das ist der Stuttgarter Bahnhof. Es gibt hier zwei Seiten. Die der Touristen und Wirtschaftsraben – Geschäftsleute in ihren Anzügen – und meine. Ich bekomme Hartz IV. „Herr Schuster, bitte bewerben Sie sich weiter. Denken Sie um! Haben Sie Nebeneinkünfte?" Was denken die auf dem Amt, was ich mache? Ich gehöre nicht zu denen aus dem Fernsehen, die sich das Leben von Anderen zahlen lassen. Ich soll mich bewerben? Mit 53? Wie alt sind Sie? Die Bierflasche können Sie stehen lassen. Wir sammeln nur Plastik. Ist leichter und bringt mehr Pfand. Hier haben Sie eine Tüte. Nehmen Sie die Handschuhe. Gleis 4 und 5 ist jetzt Ihr Revier. Ich mache 6 und 7. In fünf Minuten wieder hier – am Prellbock 3. Kleiner Tipp: Vergessen Sie die Blicke!

Wenn man nicht sammeln muss, tut man es auch nicht. Man muss vom Leben dazu gezwungen werden. Ich glaube nicht, dass er sich überwinden wird und auch nur in einen einzigen Mülleimer greift. Er wird sich stattdessen unendliche Male umdrehen und den Moment abwarten, in dem er sich für eine Sekunde unbeobachtet fühlt. Er wird es nicht tun, nicht hineingreifen. Die ersten zehn Flaschen sind am schwersten, dann geht es von alleine. Kurzer Blick in das dunkle Loch. Ein Griff und mit etwas Glück 'ne 25er. Für einmal Bücken doch nicht schlecht, oder? Er wird es einfach nicht tun. Seine Kleidung, blaues Hemd, Jeans und Ledersandalen, passen nicht zu dem, was er vorhat. Er sieht zu neu aus. Unbeholfen steht er am Mülleimer, am Gleis, und schaut immer wieder zu mir. Ich zucke nur mit den Schultern, um ihm klar zu machen, dass er auf sich allein gestellt ist. Ihn zu motivieren, sich zu überwinden. In seinen Augen der Wunsch, nicht erkannt zu werden. Dabei beachtet ihn hier niemand. Nicht leicht am Anfang, ich weiß es.

Keine Ahnung, wie viele Jobs ich eigentlich schon hatte. Habe alles gemacht: In Norwegen für 'nen Hungerlohn Holzhäuser zusammengebaut. Knochenjob! War Hausmeister, Fernfahrer, trug Zeitungen aus. Über eine Zeitarbeitsfirma wurde ich mal hierhin, mal dorthin gesteckt. Alles Verbrecher! Die verkaufen dich. Nichts von dem Lächeln auf den Broschüren. Ich glaube, ich habe in meinem Leben irgendwie den Punkt verpasst, beruflich sesshaft zu werden. Vielleicht auch besser so. Wer weiß das schon. Wenn man älter ist, ist es schwer immer wieder neu Arbeit zu finden oder welche vermittelt zu bekommen. Und mit Asthma gleich dreimal. Eine steile Treppe und ich brauch' mein Spray. Zwei Stöße, dann geht es wieder.

Was ich heute vom Amt bekomme, ist ein Witz. Gerade genug für die Miete und etwas Essen. Meine Frau putzt zweimal die Woche in einer Kanzlei. Ob sie auch Hartz IV bekommt? Nein, sie schämt sich zum Amt zu gehen. Meine Gerda will nicht bitten und beantragen. Sie will arbeiten, so gut sie eben noch kann mit ihrem Rücken. Im November wird sie 54. Um den 20. ist das Geld ausgegeben. Dann ziehe ich los. Sammle. Für Gerda. Für uns.

Prellbock Gleis 3. Er kommt zurück. Sein Blick, wie der nach einer bestandenen Mutprobe. Na, viel haben Sie ja nicht gerade! Ein Euro. Ein Blick in seine Tüte genügt. Ich war auch nicht besonders erfolgreich. Fünf PET-Flaschen. Ein Euro fünfundzwanzig. Heute ist halt nicht Montag! Dann demonstrieren sie wieder gegen den Bahnhof. Montagsdemo oder so. Stuttgart 21. Verstehe nichts von Politik. Die hohen Herren machen eh nichts für einen kleinen Mann wie mich. Sie reden und lächeln nur von den Wahlplakaten über unsere Köpfe hinweg. Verstecken sich in Talkshows hinter Statistiken. Es sei denn, eine Kamera läuft und es passt zum eigenen Image, dann fallen wir ihnen wieder als Bürger mit Stimme ein.

Ich bin der Herbert, aber alle nennen mich Herbi. Wie hießen Sie? Hm, schöner Name. Lassen Sie das mit dem „Sie". Wir sind jetzt Kollegen. Hast du Familie? Komm, wir haben noch ein paar Gleise. Mit der Zeit bekommst du einen Blick für Flaschen. In den Mülleimern vor den Filialen der Fastfood-Ketten brauchst du erst gar nicht zu schauen, sind eh nur Pappbecher drin. Lauf lieber die

Parks ab. Im Schlossgarten sitzen die Menschen. Die wenigsten von ihnen nehmen eine leere Flasche wieder mit. Ist ja nur Abfall und der Durst gestillt. Nach dem letzten Schluck wird sie schlagartig lästig. Wohin damit? In die Akten- oder Handtasche? Sie lassen sie einfach stehen oder werfen sie in den nächsten Abfalleimer. Die beste Zeit zum Sammeln im Park ist zwischen 12.00 und 14.00 und dann wieder ab 16.00 Uhr bis abends. Bleibt ja jetzt lange hell. Verstehst du? Wenn du den Pfand zum Leben brauchst, entwickelst du Strategien.

Schau, da vorne! Ich wette, der Mann trinkt noch schnell aus, bevor er in den Zug steigt. Was wird er wohl mit der leeren Flasche machen? Der Zug fährt in 'ner Minute. Was sage ich? Er hat sie in den Mülleimer geworfen. Die holen wir uns, bevor noch einer etwas hineinwirft. Leichter kannst du zu 'ner 25er nicht kommen.

Dir kann nichts Besseres passieren als ein Festival oder Straßenfest. Zeitung lesen, hingehen und Flaschen einsammeln. Da musst du nicht in Mülleimer und Papierkörbe greifen. Die Flaschen stehen in kleinen Trauben daneben. Teilweise bekomme ich sie von den Passanten direkt in die Hand. Die sind froh, sie los zu sein. Da machst du schon so 10 Euro am Abend – ein Wocheneinkauf. Bist aber bis nachts auf Achse. Spätschicht. Problem: Du kannst nicht alle Flaschen mit dir rumschleppen und mit einer ALDI-Tüte kommst du auch nicht weit. Musst dir also genau überlegen, wohin mit den ganzen Flaschen. Verlässt du das Fest, gehört dein Gebiet sofort einem Anderen. Bist ja nicht der Einzige, der sammelt. Pfandflaschen sind Konsumkadaver. Wenn du sie dir nicht holst, tut es ein anderer und streicht sich deinen Pfand ein. Das kann ich mir nicht leisten. Ich brauche das Geld. Meist arbeite ich bei Veranstaltungen mit Gerda zusammen. Ich sammle und sie bringt die Flaschen in den Plastiktüten auf einem kleinen Leiterwagen nach Hause. Warum sie nicht auch sammelt? Das will ich nicht. Jugendliche sind unberechenbar, wenn sie getrunken haben. Manchen genügt ein Bier in der Gruppe, damit man sie nicht wiedererkennt. Ich will nicht, dass sie sie beschimpfen. Gerda, ist doch meine Gerda. Nein, das muss sie nicht machen. Es reicht, wenn ich so manchen dummen Spruch einstecken muss. Welchen? Na: „Alter, such dir nen Job!" oder „Hartzer, verpiss dich!" Ich habe in meiner „Laufbahn" schon einiges einstecken müssen. Hab' ein dickes Fell entwickelt. Schwer am Anfang. Es sind aber nicht nur Jugendliche, die das Klima rau machen. Es gibt Kollegen, die glauben, so etwas wie einen Gebietsanspruch in Stuttgart zu haben. Warum auch immer. Alle Flaschen, die in ‚ihrem' Revier stehen, gehören dann automatisch ihnen. Da kann es wegen ein paar Flaschen auch schon mal handgreiflich werden. Überlebenskampf? Nein, so würde ich das nicht nennen. Ist etwas hoch aufgehängt. Ich denke, es ist einfach Egoismus. Alles meins halt und so. Deswegen sammle ich auch nicht mehr am Neckar-Stadion, auch wenn ich da mit Gerda gerade vor den Fußballspielen einiges an Geld machen könnte. Doch ich will keine aufs Maul wegen 'ner Pulle. Weder von den Grölern, die schon geladen zum Spiel kommen, noch von den Pfandhaien, die organisiert mit einem Transporter vorfahren. Nä! Das ist es mir nicht wert.

Gerda ist der einzige Grund, warum ich überhaupt noch hier bin. Nein, nicht wie du denkst. Erfurt fehlt mir! Wegen der Arbeit bin ich nach Stuttgart gezogen. Kleines Zimmer, wollte ja nicht für immer in Stuttgart bleiben und dann kam Gerda. 1990 im Sommer. Sie war frisch geschieden und ich verliebt wie schon lange nicht mehr. Da wirft man schon den einen oder anderen Plan über den Haufen. Nein, damals habe ich noch nicht gesammelt. Aber Geld hatte ich auch nicht. Gerda war das egal. Ich pflückte ihr Gänseblümchensträuße im Park, bitte lache jetzt nicht.

Erfurt ist schön geworden. Solltest mal hin. Nä, von der DDR siehst du nichts mehr. Ist doch alles neu gemacht worden für die Touristen. Warst du schon einmal drüben? Leipzig? Dresden? Magdeburg? Nicht? Zu DDR-Zeiten habe ich nie so viele Pfandsammler wie heute gesehen. Nein, es war damals nicht alles besser und ich will gewiss die Mauer nicht wieder aufbauen. Ich frage mich nur, warum nach der Einführung des Flaschenpfands so viele sammeln. Du dich nicht? Die meisten sind wie ich auf das Straßengeld, ich nenne es so, angewiesen. Wo sind wir gelandet, dass ich in Abfällen suchen muss, um mir Lebensmittel kaufen zu können? Arbeit hat ihren Wert verloren und Politiker diskutieren hochbezahlt über einen Mindestlohn. Das ist doch ein Witz.

Du kennst die Tafel? Hast du da jemals „eingekauft"? Stellst du dich dort an, bist du Teil einer Welt zwischen Alkoholismus und Hartz IV. Kaufst nicht ein, sondern bekommst das, was andere nicht mehr kaufen wollten. Verfallsdatum, da muss ich schmunzeln. Einkaufen hat doch mit Würde zu tun. Doch was hat Würde mit Geld zu tun? Nichts, so sehe ich das. Was ist Würde? Was denkst du?

Ja, stimmt, man sieht es manchen nicht an, dass sie sammeln. Sieht man es mir an? Nicht? Nett! Du musst gepflegt aussehen. Die Haare sind das Wichtigste und saubere Kleidung. Die Menschen beachten dich nicht, doch mustern sie ständig. Ein flüchtiger Blick von ihnen entscheidet darüber, ob sie dich in die Schublade „Penner“ oder eher in die „Hat der das nötig?“ einsortieren. Für Würde musst du stark sein. Sie jeden Tag in dir verteidigen. Gibst du sie in dir auf, landest du ganz unten. Würde ist das Kostbarste in dir. Du schmunzelst, aber so ist es. Du meinst also Würde endet, wo Entwertung anfängt? Entwertung ist etwas für Narzissten und Selbstverliebte. Sie sind am leichtesten zu entwürdigen. Doch wenn du nicht viel hast, im Einfachen leben kannst, wirst du Würde verstehen. Wenn du alles hast, ist deine Würde betäubt. Du kannst sie nicht in dir spüren. Musst sie ja nicht verteidigen. Würde ist die Gewissheit, dass, wenn alles den Bach runter geht, du DU bleiben wirst. Dein Selbstwert – wichtiger als Geld. Meine Gerda versteht das nicht. Sie winkt immer ab und sagt: „Was nützt dir Würde, wenn du nichts zu essen auf dem Tisch hast und nicht weißt, wie du die Miete bezahlen sollst?“ Ich mag ihre Sachlichkeit in solchen Situationen nicht besonders. Was ich da mache? Nichts! Verstehe sie ja. Sie hat ja recht. Ich aber auch, oder?

Warte! Ich kann nicht so schnell. Mein Asthma. Nimm die Beutel! Wie viel haben wir? Gleis 11 und 12 machen wir noch. Geh ruhig vor. Will von ihm nicht gesehen werden, wenn ich mein Spray nehme. Zwei kurze Stöße, dann geht es wieder.

Denke an Gerda: Ich möchte ihr so gerne etwas bieten. Ihr über einen großen Blumenstrauß in die Augen schauen. In einem schwarzen Anzug vor ihr stehen, in so einem nur für mich geschneiderten, und sie zum Essen ausführen. Doch das kann ich nicht und sie wirft es mir nicht vor. Habe oft Angst, sie könne sich einen Anderen mit Geld suchen. Verstehst du? Meine Gerda ist wunderbar. Egal, wieviel Pfand ich sammle.

Ja, die Flasche nehmen wir mit. Auch ohne Etikett. Sind ein gutes Team, du und ich. Was würden deine Freunde sagen, wenn sie wüssten, dass du sammelst? Na, jetzt zuck mal nicht mit den Achseln. Was würden sie sagen? An der Flasche beweisen sich Freundschaften und trennen sich Freunde von dir. Glaub mir. Entweder wenn du trinkst oder wenn du sammelst wie ich. Da bleiben dir nicht mehr viele. ‚Warum?', fragst du. Ich kann es dir nicht sagen, weil ich es selbst nicht verstehe. Früher waren Gerda und ich oft bei Bekannten eingeladen oder sie kamen zu uns zum Kaffee auf den Balkon. Gerda bäckt sehr gut. Doch wenn sie wissen, dass du sammelst, stolperst du ihnen von heute auf morgen aus dem Sichtfeld. Du stehst wie ein kleiner Junge am Rand und schaust zu, obwohl du lieber mit den Großen mitspielen würdest. Es lässt dich aber keiner. Sie haben Angst, Position beziehen zu müssen. Würdest du mich denn zum Beispiel zu deiner nächsten Grillfeier einladen oder ist es nicht einfacher für dich, mich nicht zu kennen? Sei ehrlich! Ich würde mich wahrscheinlich auch nicht einladen.

Jetzt lach mal wieder! Komm, wir holen uns einen Kaffee. Bei der Goldenen Möwe. Kennst du nicht? Einen Burger würde ich dort nie essen. Pressfleisch. Aber der Kaffee ist ganz gut. Den gönne ich mir auf meinen Touren. Ein Euro. Milch und Zucker sind gratis. Du trinkst deinen schwarz? Auch gut. Ich mag die Wärme des Pappbechers. Gerade im Herbst wirst du sie zu schätzen wissen. Oh, du lädst mich ein? Danke, musst du aber nicht. Gut, wenn du willst. Gern!

Wie oft sagt mir Gerda, ich solle aufhören, so viel zu grübeln, das würde mich kaputt machen, weil Denken immer weiter fragt. Es gäbe für meine Gedanken keinen Platz. Meine Fragen würden doch nichts bringen. Manchmal streiten wir, weil sie nicht versteht, dass meine Gedanken Teil meiner Würde sind, die ich mir nicht nehmen lassen will. Was bliebe denn dann noch? Ein Mensch ohne Würde ist tot, oder? Schweigen – auch eine Antwort. Die Bedienung mit dem aufgestickten Emblem der Goldenen Möwe wischt hektisch über den Nachbartisch und nimmt das Tablett mit den Burger- und Pommesresten mit.

~ ~ ~

„Gerda, ich bin's. Habe jemanden mitgebracht." Wenn sie in der Küche ist, muss ich im Flur fast schreien. Ja, hier lebe ich mit meiner Frau. Komm rein! Lass die Schuhe an. „Gerda, die Flaschen stelle ich zu den anderen von gestern. Ja, ich weiß, ich soll den Flur nicht immer so vollstellen. Bringe sie morgen zur Bank. Hörst du? Versprochen!" Mit ‚zur Bank' meine ich in den Keller. In ihm sammeln wir in Säcken die Flaschen. Jetzt verstehst du auch, warum ich nur Plastikflaschen sammle. Gerda liebt die Ordnung in unserer Wohnung. Alles muss sauber sein. Staub gibt es bei uns nicht. Beutel mit Plastikflaschen in der Wohnung sind ihr ein Dorn im Auge.

„Gerdchen, morgen bringe ich sie zur Bank. Versprochen!“ Wehe, ich vergesse es! „Es riecht nach Kartoffeln. Hast du gekocht?“ Gerda kocht wunderbar. Sie zaubert aus allem etwas und es schmeckt. „Was gibt's denn?“ Kartoffelsuppe, du wirst sie mögen. „Wir gehen ins Wohnzimmer.“ Komm, setz' dich! Kann ich dir etwas zu trinken anbieten? Wasser? Apfelschorle? Wohnen erst seit einem Jahr in dieser Wohnung. Küche, Bad. Essen und schlafen im Wohnzimmer. Das Sofa kann man ausziehen. Schau dich um! Das ist alles. Kein großer Fernseher. Wenn die Stuttgarter Jungs kicken, könnte er größer sein, aber ein Abseits sehe ich auch auf dem Tragbaren.

Gerdas Hobby sind ihre Pflanzen. Alle irgendwann mal geschenkt bekommen. Den roten Hibiskus von mir zum Geburtstag. Mein Gerdchen bringt alles zum Blühen. Sie kann Stunden damit verbringen, sie mit einem feuchten Tuch liebevoll abzuwischen oder trockene Blätter herauszuzupfen. Gerda liebt ihre Pflanzen. Das Gießen zelebriert sie mit Hingabe. Meist während sich meine Jungs zur Mauer aufstellen und um Punkte kämpfen. Schaust du Fußball? Ich war noch nie im Stadion. Kann ich mir nicht leisten. Mein Sofa ist mein Stadion. Hier sitze ich immer in der ersten Reihe. Das Bier schmeckt auch, wenn Gerda ihre Pflanzen putzt.

„Essen? Gerdchen, ich komme!“ Gleich wirst du wissen, wie eine richtige Kartoffelsuppe schmeckt. Bleib sitzen, ich hole die Suppe aus der Küche. Gerda darf nicht schwer heben, ihr Rücken. Gerda ist stark. Schmerzen lässt sie sich nicht anmerken. Sie würde für andere alles tun. Vermutlich bis sie umfällt.

„Ja, ich habe ihm schon etwas zu trinken angeboten! Apfelschorle.“ Und, wie schmeckt's? „Gerda, ich sage dir immer, dass du die beste Suppe machst, aber mir willst du es ja nicht glauben. Ja, ja ich höre schon auf.“ Noch 'nen Teller? Komm, iss!

Hast du Kinder? Einen Sohn! Geschieden. Lebt bei der Mutter. Jede zweite Ehe wird geschieden. Was studiert er denn in Berlin? Oh, Maschinenbau! Ingenieure werden immer gesucht. Ein Bier? Gut, später. „Gerda, für dich noch ein Glas Schorle?“

Das Mädchen auf dem Bild über dem Sessel ist Lisa, unsere Tochter. Mit Acht. Sie liebte es, Zöpfe zu tragen. Nur das Kämmen mochte sie nicht. Heute trägt sie die Haare kurz. Lebt mit ihrem Freund in Marburg. Wird Ärztin. „Gerda, er will doch jetzt keine Fotos ansehen. Lass doch die Alben im Schrank.“ Ihr Freund ist Tischler. Die Bücherregale sind von ihm. „Gerda, jetzt lass doch!“ Entschuldigung! Ich bringe mal das Geschirr und die Suppe in die Küche.

Mich würde interessieren, warum er sich darauf eingelassen hat, mich zu begleiten und einen Tag lang selbst zu sammeln. Vielleicht aus Neugierde. Stelle den Stapel Teller in die Spüle und lasse Wasser hinein. Aus Neugierde unterhält man sich vielleicht mit einem wie mir, aber greift doch nicht selbst in Mülleimer. Nein! Und jetzt, jetzt sitzt er im Wohnzimmer und schaut sich Kinderfotos meiner Tochter an. Drehe mir heimlich eine Zigarette.

Eigentlich rauche ich nicht. Naja, selten mal eine. Gerda mag es nicht. Der Zigarettenrauch würde sich in den Gardinen festsetzen und so rauche ich, wenn überhaupt, aus dem Fenster. „Ja, Gerda, ich habe das Fenster aufgemacht, damit es in der Küche nicht so nach Suppe riecht. Zieht es?" Drücke die Zigarette hastig von außen unterm Fensterbrett aus und spüle den Stummel den Abfluss hinab. Soll man eigentlich nicht machen, aber wohin damit? Nehme mir aus dem Kühlschrank ein Bier. Plastikflasche mit Drehverschluss. Das aus dem Aldi ist nicht schlecht. Ein Feierabendbier?, rufe ich aus der Küche ins Wohnzimmer. Trinke einen guten Schluck und hoffe, damit meinen Zigarettengeruch hinunterzuspülen. Gerda hat eine Nase für Zigarettengeruch. Ihr dann etwas vorzumachen, ist zwecklos. Zur Sicherheit esse ich noch einen großen Löffel Kartoffelsuppe. Direkt aus dem Topf. Auch das dürfte mein Gerdchen nicht sehen. „Soll ich Salzstangen mitbringen?"

Ja, das war Lisas Einschulung. Sie mochte dieses Kirschkleidchen. „Gerda, jetzt lass doch die Bilder!" Und das sind wir im Zelturlaub. Gerda und ich. Bayrischer Wald. „Wann war das? Ach was, '99! Opa ist im Mai gestorben. Das muss im Sommer 2000 gewesen sein." Man, war das ein Sommer. Im Zelt war es kaum auszuhalten und Lisa wollte nur Eis und Melone. „Gerda, weißt du noch? Du saßt strickend vorm Zelt und ich holte mir, beim Versuch im See zu angeln, den Sonnenbrand meines Lebens." Ja, das waren noch Zeiten. Heute ist ein Urlaub nicht mehr denkbar. Wovon auch? Gerda und ich, wir würden gerne mal nach Amerika. Das Weiße Haus sehen. Wir können aber kein Englisch. Nein, in der Schule habe ich Russisch gelernt und bei Gerdchen liegt der Englischunterricht sehr lange zurück. „Gerda, kannst du noch Englisch?" Was sollen wir dann in Amerika? Wir machen hier Urlaub. In Stuttgart. Gerda bei ihren Blumen – war immer ein Theater mit dem Gießen – und ich im Sessel mit 'nem guten Kaffee, einem Buch und meinen Stuttgarter Jungs. Sollten echt mal wieder 'nen Pokal holen.

Das? Das bin ich in Norwegen. Montage. Trug die Haare damals noch etwas länger als heute. Rechts, das sind meine Kumpels. Mit den meisten habe ich Dachstühle aufgesetzt. Mit dem Schwarzhaarigen teilte ich mir ein kleines Zimmer. „Ja, Männerwirtschaft! Gerda, komm, sag es!" Fred, alle nannten ihn aber immer Freddie, weil er ein bisschen so aussah wie Freddie Mercury. Kam aus Linz. Wollte etwas erleben – so sagte er immer. Wir schreiben uns heute noch. Hast du schon einmal auf Montage gearbeitet? Du arbeitest den ganzen Tag und abends fällst du halbtot ins Bett. Meist sechs oder sieben Tage die Woche. Norwegen kann so schön sein, wenn dir nicht jeder Knochen schmerzt. Noch ein Bierchen?

Sag mal, darf ich dich etwas fragen? Warum hast du heute mit mir gesammelt? Verstehe meine Frage bitte nicht falsch. Noch Salzstangen? „Gerda, kannst du bitte welche aus der Küche holen?" Du musst nicht sammeln. Warum also? Neugierde! Bist ehrlich. Befriedigt? Ja, am Stuttgarter Bahnhof sammeln viele. Allein, dass du versuchst hinzusehen, finde ich gut. Es gibt aber auch die Sensationsspanner, die einem auf die Finger starren und dich moralisch aburteilen. Wolltest die Seiten wechseln? Klingt sehr schlau. Auf was für eine Seite wolltest du denn? „Nein,

Gerda, das ist eine wichtige Frage. Lass uns!“ Sie mag solche Fragen nicht. Wo waren wir stehen geblieben? Ah, auf welche Seite du wechseln wolltest. Fragtest dich, was das für Menschen sind, die Flaschen sammeln. Und was sind es für welche? Normale Menschen. Das hast du gut gesagt. Alle stehen auf derselben Seite – wäre schön, wenn das alle so sehen würden. Für mich gibt es auch nur eine Seite. Alle leben in der selben Gesellschaft. Doch jeder möchte etwas Besseres als der Andere sein. Geld und Wohlstand vernebeln, machen Viele blind. Wenn ich jemandem seiner Würde beraube, habe ich in meinen Blicken auch keine Achtung mehr. Das sind dann genau die Blicke, gegen die du heute angekämpft hast. Heute hast du deine Würde gespürt, weil du sie in dir am Bahnhof verteidigen musstest.

Die Politiker kannst du vergessen! „Ist doch so Gerda!“ Hast du dir mal die Talkshows – die Politiktalksendungen – angesehen? Es ist doch jedes Mal die gleiche Gladiatorenrunde. Keiner lässt den anderen ausreden. Jeder glaubt, die absolute Lösung zu haben und irgendwie gibt niemand Fehler zu. Ein Vorwurf wird mit Kontra erwidert, Erfolge und erreichte Wahlversprechen durch Statistiken untermauert. Das ist also ihre Volksnähe? Arm! Leben ist aber keine Kennzahl, nicht in Prozenten darzustellen. Oh, heute geht es mir aber schon 3,2 Prozent besser als im ersten Quartal des Vorjahres. Entschuldige meinen Zynismus. Ich hätte einen guten Vorschlag für alle Politiker, damit sie wirklich verstehen, wie es einem wie mir geht. Zehn Tage ihres jährlichen Urlaubs werden gestrichen. In diesen zehn Tagen würden sie verpflichtet werden, als

Streetworker – so heißt das doch heute, oder? – zu arbeiten. Oder sie sollten mal im Tafelladen Lebensmittel austeilen, mal in ihren schwarzen Anzügen einem Bedürftigen in die Augen sehen. Müssten vieles ablegen, um ehrlich zu werden. Dann würden sie nicht mehr in Quoten, sondern in Gesichtern denken. Wir müssen alle ehrlicher werden. Nicht weil es chic, sondern weil es vernünftig ist. Wie siehst du das? Noch ein Bier?

21.15 Uhr haben wir es. Du musst gehen? Wann eine Straßenbahn zum Bahnhof fährt, weiß ich nicht. Fahre nie. Laufe immer. Ich hätte nicht gedacht, dass es dir um mich geht. Noch heute Morgen, war ich mir sicher, dass du nur deine Neugierde an mir stillen wirst. Du glaubst nicht, wie die Medien sich an den Menschen befriedigen. Sie fressen alles, einen Schutz gibt es nicht. Vermeintliche Objektivität flimmert dann in den Privatsendern über die Mattscheibe. Die Menschen schauen aber nur zu und nicht wie du heute dahinter. Die Tragik der Situation sorgt für Einschaltquoten, nicht der Mensch, um den es eigentlich gehen sollte. Ich bringe dich zur Tür. „Gerda, seine Jacke!“ Vielleicht begegnen wir uns mal wieder am Bahnhof, wenn du mich siehst.

Bosnienlover – Man kaufte nie mich

Nein, ich bin nicht schwul. Muslim. Frauen können so schön sein. Keine, die ich bisher hatte, die ich liebte, weiß von meiner Geschichte. Ich glaub', mit Jenny war ich ein Jahr zusammen – meine längste Beziehung. Das Schlimme an meiner Geschichte ist, dass ich sie niemandem erzählen kann. Meiner Mutter auf keinen Fall. Mein Vater starb 1993 bei einem Angriff und wir flohen aus Sarajevo nach Deutschland. Meine drei Brüder Murat, Burhan und Said waren noch klein. Onkel Hamid wollte mit Tante Elma nachkommen, kam zum Glück aber nie!

Über Nürnberg kamen wir nach Stuttgart. Ich hatte nie vorher von dieser Stadt gehört. Mutter sagte immer: „Nach dem Krieg gehen wir wieder zurück." Burhan wurde in die erste Klasse eingeschult, obwohl er in Sarajevo bereits Rechnen und Schreiben gelernt hatte. Aber nicht Deutsch. Said kam in die Dritte und weinte fast jeden Tag, weil er in der Schule nichts verstand. Alle lachten über ihn. Murat blieb als Jüngster bei meiner Mutter und war von allen sicher der Unbekümmertste. Und mir, mir fiel in der Übergangslösung die Decke auf den Kopf. Mir war es zu eng und ich wollte nur raus. Doch draußen verstand ich niemanden. Dort war es wieder eng und erdrückend um mich herum. Wusste nicht, was ich überhaupt in Deutschland sollte. Meine Heimat stand in Flammen und in diesem Deutschland war ich fremd. Lernte eines Tages am Stuttgarter Bahnhof Nermin kennen. Landsmann. Er kam aus Grbavica, einem Stadtteil von Sarajevo, und verlor wie ich mehr als nur seine Heimat. Man kann Krieg nicht in Worte fassen. Ein lauter Knall, Schutt und die Decke stürzte ein. Nur Nermin überlebte und kam alleine nach Deutschland. Ohne Mutter. Ohne Vater.

Mein Vater fehlte uns allen sehr. Ich war auf einmal der Älteste der Familie, mit Verantwortung für meine Mutter und meine drei Brüder. Doch ich wollte einfach nur raus. Meine Mutter kümmerte sich um meine Geschwister und ich kam spät nach Hause oder übernachtete bei Nermin. Überhörte ihr Schimpfen. Ihre Fragen erdrückten mich. Was hätte ich ihr denn sagen sollen, wo ich wirklich war? „Bei einem Freund!“, die fast immer gleiche Antwort auf ihr Bohren. Ich wollte unseren Vater zurück. Diese Drecksschweine!

Nermin und ich, wir wurden Freunde. Er hatte Kippen und wir drehten sie uns im Akkord. Ich kann nicht beschreiben, wie gut es mir tat, Bosnisch zu reden. Zwischen uns lag in jedem Wort Heimat und Schmerz. Nermin träumte immer von einem Mercedes, mit dem er, wenn „alles vorbei“ wäre, nach Sarajevo zurückfahren wollte. Wie stolz doch alle auf ihn wären. Er wollte sich dann eine Frau suchen, die er heiraten würde. Nermin wusste genau, wie seine Frau aussehen sollte. Er mochte Schlanke mit tiefschwarzem, langem Haar und großen strahlenden, dunklen Augen, die vor Stolz blitzen.

Wir hatten große Träume und kein einziger spielte in Deutschland. 1994. Ich war 16 und träumte von der großen Fußballkarriere. FK Sarajevo. Einmal mit Safet Sušić gegen Manchester United im Asim-Ferhatović-Hase-Stadion spielen. Der Krieg nahm uns die Heimat und den

Fußball, aber nicht unsere Träume. Auch nicht im kalten Deutschland.

Wenn ich nicht wusste wohin, und das kam oft vor, ging ich zum Stuttgarter Bahnhof. Traf mich mit Nermin und seinen Kumpels. Wir tranken Bier, rauchten und zogen durch den Schlossgarten. Hofften, die Zeit, bis wir endlich zurück könnten, würde schneller vergehen. Aber wenn man fremd ist, ist die Zeit unendlich. Mein Herz schlug nur für Sarajevo und daran hatte auch der Krieg nichts geändert.

Ich erinnere mich noch gut an den Tag, an dem Nermin mir zum ersten Mal vorschlug, ich könne mir doch etwas dazu verdienen. Er würde es auch tun. Es sei legal. Ich verstand nicht, was er meinte mit: „Wir sind jung, sehen gut aus und die Deutschen haben alle Geld, dass es stinkt!" Ich werde seine Worte nie vergessen.

Dazuverdienen – das erste Mal ist lange her. Ich hatte seitdem viele Männer: Familienväter, Ledertypen und Anzugträger mit Ehering. Mit manchen dauerte es nur Minuten. Wenige waren nett und manche wünschten sich unglaubliche Sachen von mir. Was Menschen doch für Fantasien entwickeln, wenn sie Geld haben. Ich, ich war nur Mittel zum Zweck! Abfall ihrer Lust. Gebraucht von den meisten. Dreckig. Verbiete mir oft, zurückzudenken. Manchmal sehe ich sie im Schlaf vor mir. Wie ich ihnen vor Wut eine in die Fresse schlage, sie auf Bosnisch beschimpfe.

Alles begann mit einer Frage: ‚Wie viel?' Sehe heute noch den Mann, vielleicht Mitte fünfzig, wie damals in der Unterführung des Bahnhofs vor mir. Spätsommer. Jeans. Glaube blau. Hemd und Jacket dazu einen Hut, wie ihn mein Opa immer trug. Grau mit rotem Band. Er zog ihn etwas ins Gesicht, während er mich fragte: „Wie viel?" Ich verstand seine Frage erst, als er sie wiederholte und Daumen und Zeigefinger direkt vor meinen Augen aneinander rieb. Es ging um Geld. Doch wofür? Ich dachte an Nermin, an seine Worte „Wir sind jung, sehen gut aus ..." und „... etwas dazuverdienen". Der Mann grinste, glaubte, ich hätte seine Frage nicht verstanden und machte eine Handbewegung, als würde er von einem nichtvorhanden Teller in der Luft etwas in seinen Mund löffeln. Er lud mich zum Essen ein. Fragte: „Woher ...?" Ich sagte: „Sarajevo!" Sehe noch sein Gesicht vor mir. Er grinste freundlich – väterlich – und ich ging mit. Heute, mit Abstand, bin ich verwundert, dass ich einfach so mitgegangen bin. Mit einem fremden Mann. Vermutlich hatte ich Hunger. Ich weiß es nicht mehr genau.

Meine Mutter hatte mir und meinen Geschwistern beigebracht, sich nach dem Essen immer die Hände zu waschen. Sie achtete immer darauf.

Wohin er damals mit mir ging, weiß ich nicht mehr genau. Ich glaube, es war ein griechisches Restaurant. Nach dem Essen ging ich auf die Toilette, um mir die Hände zu waschen und plötzlich stand er hinter mir am Waschbecken, wedelte mit einem 50-Mark-Schein und legte seine Arme um mich. Ich erschrak über die plötzliche Nähe. Versuchte, ihn wegzudrücken, doch er drängte mich in die Toilettenkabine. Nicht grob, doch bestimmend. Ich konnte ihm nicht ausweichen. Es ging alles so schnell. Keiner sah uns. In mir staute sich die Wut, doch konnte ich nicht schreien. In meinem Kopf war nur der Geldschein und was ich mir davon kaufen könnte. Ekel trocknete meinen Hals aus. Ich wehrte mich erst und ließ es dann doch über mich ergehen. Er öffnete meine Hose. Nach vielleicht zehn Minuten, die eine Ewigkeit dauerten, war er mit sich und mir fertig. Wischte sich den Mund mit Toilettenpapier ab, grinste, strich mir über den Kopf und gab mir den Schein. „Lothar!" Ich schwieg. Mein erstes Mal. Für 50 Mark.

Ich kann das Gefühl nicht beschreiben, zum ersten Mal mit einem Mann Sex für Geld gehabt zu haben und eigentlich auf Frauen zu stehen. Es ist eine Art Leere, die man über sich ergehen lässt. Ein Schrei, den man versucht, zu überhören. Ein Tod, den man im jeweiligen Moment hofft, zu überleben, weil man das Geld danach für seine Träume braucht. Ich war damals 16 und wollte nur, dass es meiner Mutter und meinen Brüdern gut geht. Familie ist doch das Wichtigste, oder? Sie sollten stolz auf mich sein – das wünschte ich mir. Ich sagte ihnen immer genau das, was Nermin mir vorgeschlagen hat: „Ich verdiene mir etwas dazu!" Womit sagte ich nicht. Meine Mutter hätte es niemals verstanden. Wie sollte ich ihr erklären, dass ich mit Männern Sex hatte, die unter anderem im Alter unseres verstorbenen Vaters waren? Sie mich dafür bezahlten? Ich wollte ihre Welt, in der ich immer der Große war, nicht zum einstürzen bringen.

Ich machte mir damals unendlich viele Gedanken darüber, wie ich es Nermin erzählen sollte: Sex mit einem Mann – für Geld! Wir erzählten uns am Bahnhof fast alles und ich wollte ihn nicht als Freund verlieren. Ich war mir sicher, dass er den Ratschlag, sich etwas dazuzuverdienen, so nicht gemeint hatte. Ich versuchte, ihm zu erklären, dass ich das mit dem Mann nicht gewollt hätte, dass ich auf Frauen stehen würde, doch Nermin schaute mich nur an, grinste und fragte: „Wie viel hast du bekommen?" Seine Worte waren nicht vorwurfsvoll. Meine Antwort „50 Mark!" kommentierte er mit: „Das nächste Mal verlangst du 100! Verstehst du? 100. Wir sind jung und nicht für 50 zu haben. 100!" Als wenn es etwas ganz Normales gewesen wäre, erzählte er mir von seinem ersten Mal mit einem Mann. Wie bei ihm alles begann. Dass es am Anfang schwer gewesen wär', doch er mit der Zeit beim Sex aufgehört hätte zu denken. Wenn ich heute so zurückdenke, konnte ich mir das damals alles nicht vorstellen. Sex mit Männern. Aufhören zu denken.

Nach dem ersten Mal mit Lothar war ich wie versteinert. Alles in mir zog sich zusammen. Versteckte mich vor mir selbst. Verlor die Worte und stand oft mit Nermin am Bahnhof einfach nur so da. Rauchten, ohne dass einer von uns beiden etwas sagte. Meine Welt brach zum zweiten Mal zusammen. In meinen Gedanken wollte ich tausende Male zurück nach Sarajevo, und in Deutschland befriedigte sich ein Mann an mir auf einer Restauranttoilette. Ich brauchte lange, um das Vakuum in meinem Kopf mit klaren Gedanken zu füllen. „Wieder normal zu werden", wie Nermin es immer nannte.

Meinen ersten Sex hatte ich mit einem Mann, nicht mit einer Frau. Ich dachte manches Mal an Anisa. Als Kind spielte ich oft mit ihr. Ihr Vater hatte einen großen Garten und ich war fast jeden Tag bei ihr. Vorm Krieg. Meine Mutter meinte, dass ich sie bestimmt mal heiraten werde und sie dann ein großes Fest ausrichten würde. So wie das von Onkel Hamid. Meine ganze Familie sprach immer, wenn es um eine Hochzeit ging, nur über das Fest meines Onkels. Es war ein riesiges Fest gewesen, mit Blumen und alle tanzten im Kreis. Ich war damals vielleicht elf, tanzte aber schon mit Anisa. Neben meinem Onkel und Tante Elma waren wir das Fotomotiv.

Wer Onkel Hamid auch war, versprach ich niemandem zu sagen, als er sich die Hose zuknöpfte und mir über den Kopf strich. Mir sagte, wie sehr er mich mögen würde und dass ich ein feiner Junge sei. Er forderte dieses Versprechen jedes Mal. Je älter ich wurde, desto mehr begann ich zu verstehen, warum ihm dieses Versprechen so wichtig war, aber das kann ich niemandem sagen. Man würde mir nicht glauben. Er war doch der gute Onkel, Bruder meiner Mutter, der mich mit seinem Hund spielen ließ, dem wir zusammen kleine Kunststücke beibrachten. Eine Rolle, Pfötchen geben oder sich bei einem Fingerschnips auf den Boden zu legen. Onkel Hamid – niemals. Bin froh, dass er nicht nach Deutschland nachgekommen ist.

Ich begann, den Stuttgarter Bahnhof – den Schlossgarten – mit anderen Augen zu sehen. Stellte fest, dass auch andere sich etwas dazu verdienten. Die hin und her laufenden Männer keine Passanten zum Zug waren. Nicht ohne Grund nach Feuer fragten. Es klingt vielleicht etwas komisch, aber ich begann dazuzugehören. Ich teilte meine Erlebnisse auf einmal mit anderen, ohne mit ihnen darüber gesprochen zu haben. Nermins Kumpels hatten alle einen „Job“ und verdienten gut. Ich war neidisch, wenn sie plötzlich ihr Bier abstellten, sich einen Kaugummi in den Mund schoben und arbeiten gingen. Heute nach der ganzen Zeit, ich weiß nicht mehr wie, aber irgendwann hatte ich ein zweites, drittes Mal was mit einem Mann. Ich war jung. Die meisten Freier wollten nur den schnellen Sex. Reißverschluss auf und den Kopf bis zum Ende gegen den Hosenstall gedrückt. Egal ob im Park, am Planetarium oder im Auto. Andere kauften mich für eine ganze Nacht. Ich befriedigte sie in ihren Ehebetten oder auf Hotelzimmern. Viele wollten mich am liebsten ohne Gummi. Sie boten mir viel Geld dafür. In meinen besten Zeiten machte ich so zwischen 200 und 500 Mark am Tag. Meine Mutter war stolz auf mich, weil ich es geschafft hatte, in Deutschland eine Arbeit zu finden und so viel verdiente, dass wir ein Teil nach Sarajevo senden konnten. Sie wusste ja nicht, woher das Geld kam, was ich dafür machen musste und wer mich dafür besaß. Es ging nur ums Geld. Damals lebte ich in zwei Welten. Die eine war meine Familie. Meine Mutter, meine Brüder – meine Heimat in mir. Und die andere, die ganzen Männer, die für meinen Körper zahlten. Zwischen beiden Welten gab es nichts. Nichts, was sie beide miteinander verband.

~ ~ ~

Meinen Namen sagte ich nie. Hieß mal Robin, Olaf oder Mike. Wenn ich meinen Körper auch verkaufte, meinen Namen behielt ich für mich. Ich begann die Rollen zu spielen, für die man mich bezahlte. War mal der schöne Devote oder der sportlich Dominante, der die Regeln bestimmte. Manche Freier glaubten, dass ich ihnen gehören würde. Doch sie kauften nie mich. Immer nur den, der ich in ihrer Fantasie war. Ich sah sie in ihren Augen, wie sie nach einem – meinem – Körper gierten. Mich auszogen. Ehemänner, Familienväter, übergewichtige Senioren. Sie liefen alle am Bahnhof oder am Planetarium hin und her. Schauten mich im Vorbeigehen an. Trafen sich unsere Blicke, so nickten sie leicht mit dem Kopf als Zeichen ihnen zu folgen. Manche sprachen mich an: „Wie viel?“ Ich ging mit ihnen mit. Wenn es schnell gehen musste, öffneten sie in einer dunklen Ecke ihre Hosen und ließen sich von mir befriedigen. Am liebsten mit dem Mund. Manche wollten mich küssen, mit Zunge, aber auch daran hatte ich mich irgendwann gewöhnt. Frisch befriedigt warfen sie das benutzte Taschentuch in die Büsche und ich war wieder Luft für sie. Etwas Unanständiges, vor dem sie zurück in ihre heile Welt flohen. Doch viele kamen immer wieder. Man merkt sich irgendwann die Gesichter und weiß, wer worauf steht.

Lothar war anders als all die Anderen. Er fragte als einziger immer, wie es mir geht. Wir redeten sehr viel vorher und er warnte mich vor Nermin. Ob er mit ihm mal was hatte, war mir egal. Ich müsse vom Strich runter, eine Ausbildung machen und etwas lernen. Er sagte es fast jedes Mal. Heute weiß ich, dass er recht hatte, doch damals verdiente ich gutes Geld und wollte mir nichts sagen lassen. Von niemandem. Ich weiß nicht mehr genau, wie oft ich mit Lothar schlief. Er half mir, Deutsch zu lernen und bot mir an, bei ihm einzuziehen. Ich glaube, er verliebte sich damals etwas in mich. Seine Wohnung war groß und hell. Nach dem Tod seiner Frau zu groß für ihn alleine im Ruhestand. Neben dem Doppelbett im Schlafzimmer stand immer eine offene Flasche Rotwein. Im Wohnzimmer ein Klavier. Er spielte gut. „Schubert", wie er meinte.

Lothar schlief gern mit mir und bekam danach kein schlechtes Gewissen. Ich sei anders als die anderen Jungs. Wie denn bitte? Würde ihn immer so fragend ansehen. Strich mir über die Wangen. Weiche Haut mochte er. Wir verbrachten oft die ganze Nacht miteinander, ohne dass er bis heute meinen richtigen Namen weiß. Für ihn war ich Ben aus Sarajevo. Über meine Familie erzählte ich ihm nichts. Mit dieser Welt hatte er einfach nichts zu tun. Ich konnte nur Ben sein, wenn es meine wahre Welt für ihn nicht gab. Er fragte nur einmal, ob meine Familie auch in Stuttgart leben würde. Ich sagte „Nein!", was ja auch zum Teil stimmte. Mein Vater lebte nicht mehr, und was ist schon eine Familie ohne Vater? Ab diesem Punkt sprach Lothar nie mehr meine Familie an. Stattdessen erzählte er mir von seiner Zeit als Architekt in Marokko. Von den schönen Jungs. Ehrlich gesagt wusste ich damals noch nicht einmal, wo Marokko liegt. Alles würde dort nach Gewürzen riechen und ich müsste unbedingt einmal hin. ‚Nein, ich muss nur zurück nach Sarajevo', dachte ich oft.

Wenn ich Nermin am Bahnhof traf, sprachen wir auf Bosnisch über unsere Freier. Nermin sagte nicht viel, doch hörte er zu. Nach ein paar Monaten wurde es stiller zwischen uns. In unseren Köpfen drehte sich jeweils die eigene Welt. Irgendwann begann es, für ihn nicht mehr so gut zu laufen. Er machte nicht mehr das Geld von einst. Männer liefen an ihm vorbei. Wenn man jung ist und gut aussieht, rennen sie dir mit ihrem Geld hinterher, aber mit 25 sieht die Welt etwas anders aus. Du bist dann nicht mehr jung und frisch, sondern benutzt und jeder weiß, dass du es auch mit anderen treibst. Da will keiner mehr deinen Preis zahlen. Man beginnt zu verhandeln und du beginnst, dich billiger zu verkaufen. Nermin regte das auf. Er schimpfte nicht laut, doch die Art, wie er immer mit seinen Fingern knackte, sagte alles. Er war wütend auf die Männer, die ihn noch vor ein, zwei Jahren gut bezahlten und ihn jetzt einfach so stehen ließen und einem Jüngeren zuzwinkerten. Oft mir! Ich ging dann mit ihnen mit und hoffte, Nermin würde das verstehen. Nach einem Näschen hinterm Ticketautomat tat er es. Er hatte immer ein kleines Plastiktütchen dabei. Das Zeug machte ihn locker und ich probierte es auch. Meine Gedanken begannen, sich aufzulösen und schärfer wieder zusammenzufügen. Ich war voller Energie und dachte nur ans Geld. Je mehr von diesem Zeug ich mir in die Nase zog, desto mehr Typen schien ich damals gehabt zu haben.

Nermin bot mir an, mich an seine ehemaligen Freier zu vermitteln. Er meinte, ich wäre im besten Alter und wir könnten zusammen noch mehr Geld verdienen. Sie seien reich. Für mich, als damals 18-Jährigen, der viel jünger aussah, war das sehr verlockend. Er bekam 60 und ich 40 Prozent. Ab dem Zeitpunkt brachte mich Nermin mit unzähligen Männern zusammen und entschied, mit wem ich zu schlafen hatte. Von wegen reich! Manche waren ekelhaft, dick, mit fettigen Haaren. Sie zahlten im Voraus, schoben eine Kassette in den Rekorder und begannen mich zu streicheln, mich mit kaltem Zigarettengeruch zu küssen. Auszuziehen. Machten Fotos. Lust empfand ich keine, doch ich tat so, auch wenn sie nach Schweiß stanken. Überwand meinen Ekel.

Andere zahlten dafür, von mir geschlagen oder mit einer Wäscheklammer in die Brustwarzen gekniffen zu werden. Dafür, dass ich ihnen heißes Kerzenwachs auf den nackten, vor Anspannung zitternden, behaarten Bauch tropfte. Empfanden Lust, vor mir gefesselt auf dem Boden zu liegen und sich nicht mehr bewegen zu können. Ich erfüllte viele Wünsche, doch keinen als der, der ich wirklich war.

Heute weiß ich nicht einmal mehr, wo Nermin eigentlich wohnt, ob er jemals zurück nach Sarajevo gegangen ist, was aus ihm geworden ist. Nach seiner Festnahme, glaube '99, jemand hatte ihn wegen der Tütchen hochgehen lassen, habe ich ihn nie mehr am Bahnhof gesehen. Mir fehlte Nermin als Freund, mit dem ich reden konnte. War damals 22 und auch an mir begannen die Männer vorbeizulaufen. Ich fragte mich, wo die Zeit nur hin wäre. Wer ich geworden sei. Dachte, dass Anisa bestimmt einen anderen hätte und ich sie wohl nie heiraten würde.

2001 starb meine Mutter. Sie war bis zuletzt stolz auf mich. Glaubte mir meine Lügen. In ihnen war ich der Große für sie, obwohl ich kaum zu Hause war. Mich nie um meine Brüder kümmerte. Onkel Hamid organisierte die Überführung und holte Murat, Burhan und Said zurück nach Bosnien. Ich blieb in Stuttgart und schämte mich. Alles in mir bestand nur aus Schande und Lügen. Entschuldigte mich im Stillen unter Tränen bei meiner Mutter. Zog zu Lothar. Für kein Geld der Welt konnte ich seine Berührungen mehr ertragen. Ab diesem Zeitpunkt schliefen wir nicht mehr miteinander. Ich wohnte in seinem Gästezimmer.

Nein, ich bin nicht schwul. Muslim. Frauen können so schön sein, wenn sie lachen.

~ ~ ~

Wenn ich mich mit Robin traf, so lag immer eine gewisse Schwere zwischen uns. Seinen richtigen Namen weiß ich bis heute nicht. Robin sagte ihn nie. Er meinte, der sei unwichtig, weil sich eh keiner in Deutschland für ihn interessieren würde. Ich schon, dachte ich mir oft und hinterfragte mich zugleich, ob es mir wirklich um ihn ginge oder nur um seine Geschichte für mein Buchprojekt. Gar nicht so einfach, sich selbst gegenüber ehrlich zu sein! Als er mir das erste Mal erzählte, dass er als Jugendlicher auf den Männerstrich ging, seinen Körper verkaufte, öffnete sich in seinen Worten für mich eine Welt, die ich nicht kannte. Robin war nicht schwul. Er sprach von Frauen immer mit einer gewissen Sehnsucht. So, wie nach etwas, dass er niemals erreichen würde. Wir trafen uns über ein Jahr lang und mit jedem Treffen sprudelten mehr und mehr Details seiner Vergangenheit aus ihm heraus. Erst in kleinen Bemerkungen, die er versuchte, mit aufgesetzten Witzen zu überspielen, während er sein Basecap auf dem Kopf solange hin und her drehte, bis es perfekt saß. Doch irgendwann war in seinen Beschreibungen, in der Sehnsucht nach seiner Heimat Sarajevo, kein Platz mehr für witzige Randbemerkungen. Seine Sätze wurden kürzer und er begann, immer selbstkritischer über sein Leben zu sprechen. Zwischen dem Leben in seinen Beschreibungen und meinem gab es nichts. Daher wurde mir immer klarer, wie wichtig es wäre, über ihn zu schreiben. Ich musste ihn irgendwie fragen, doch warum sollte er das wollen, wenn er mir noch nicht einmal seinen richtigen Namen sagte?

„Das Schlimme an meiner Geschichte ist, dass ich sie niemandem erzählen kann." Robin sagte diesen Satz immer und immer wieder. So, wie wenn er bereits selbst intensiv nach einer Form gesucht, aber resigniert hätte. Ich sagte ihm damals, dass man Dinge, die man glaubt, keinem sagen zu können, vielleicht aufschreiben sollte. Für sich selbst. Sehe noch seine großen fragenden Augen vor mir. Ich schlug ihm vor, gemeinsam mit ihm seine Vergangenheit aufzuschreiben. Robin sagte sofort, dass er noch nie etwas über sich geschrieben hätte und es doch sowieso keinen interessieren würde. Je mehr wir uns aber darüber unterhielten, desto mehr verstand er, dass es nicht um die anderen ging, sondern um ihn selbst. Nur um ihn! Ich bot ihm an, mich oft mit ihm zu treffen, um die einzelnen Textpassagen auf Basis meiner Notizen immer wieder zu besprechen. Er zog tief an seiner Zigarette und sagte: „O.K., aber ich kann nicht Deutsch!" Ich werde diesen Moment nie vergessen: Seine Pupillen rasten skeptisch hin und her und ich versuchte, seine Worte als kurze Notizen festzuhalten. Nahm sie wie Schätze einer Begegnung mit nach Hause und mit der Zeit stapelten sie sich auf meinem Schreibtisch. Ich begann sie zu ordnen, las sie immer und immer wieder und fing letztlich an zu schreiben. Ich weiß nicht mehr, wie viele Passagen ich löschte, weil sie mir nicht präzise genug erschienen oder sich in obszöne Richtungen entwickelten. Ich wollte irgendwie Robin und seinem Leben in meinen Zeilen gerecht werden und wusste zugleich, dass ich diesem Anspruch nie gerecht werden konnte. Wollte nicht meine

Neugierde an seiner Geschichte befriedigen. Ihn mit Worten wie einen Exoten vorführen. Mir war klar, nie würde mein Schreiben ihm seinen Lebenspessimismus nehmen können und doch wünschte ich es mir.

Immer wieder stimmte ich meine geschriebenen Passagen mit Robin ab. Er war sehr kritisch und sie wurden immer präziser. Ich begann, mich im Schreiben mit ihm zu identifizieren. Die Dynamik seiner Vergangenheit mehr und mehr zu verstehen. Mir Fragen zu stellen: Was verlangen wir eigentlich, wenn wir Integration fordern? Tragen wir dazu bei oder fordern wir nur? Wie kann jemand in zwei Welten leben, ohne sich dabei zu verlieren? Sich eigentlich nach einer Freundin zu sehnen und die sexuellen Handlungen zig Männer über sich ergehen zu lassen? Über Jahre hinweg.

Robin war nicht schwul. Ein Satz von ihm klingt bis heute in mir nach: „Ich weiß nicht, wer ich bin." Einen solchen Satz sagt man nicht einfach so. Er ist ein wohlüberlegtes Geständnis voller Intimität. Ein Fazit. Immer wieder schilderte er mir die Leere nach dem bezahlten Sex. Das schmutzige Gefühl. Das bohrende schlechte Gewissen seiner verstorbenen Mutter gegenüber. Er hätte damit leben können, von ihr verstoßen oder geschlagen zu werden, aber ihr bis zum Tod nicht die Wahrheit gesagt zu haben, lastete schwer auf ihm. Er liebte sie sehr. In seinen Worten.

Als ich Robin eines Tages fragte, ob er zurück nach Sarajevo gehen werde, sagte er nur: „Nein, das kann ich nicht!" Er erklärte mir seine Angst vor den Fragen seiner Verwandten. Fragte mich, was er ihnen dann sagen solle, woher das Geld kam, das er und seine Mutter ihnen damals gesendet hatten. Ich konnte ihm diese Frage nicht beantworten und stellte fest, wie weit seine Vergangenheit in die Zukunft reichen würde.

Oft zweifelte ich an meiner Idee, mit ihm zusammen seine Vergangenheit aufzuschreiben, da mein Schreiben immer nur Stückwerk bleiben würde. Ich über ein gewisses Maß an Genauigkeit einfach nicht hinauskommen konnte. Es war sein Leben, das ich versuchte, mit ihm in Worte zu fassen. Robin freute sich, wenn ich ihm eine neue Passage vorlas und doch blieb eine Kluft zwischen seinem Leben und meinen Worten. Irgendwann fragte ich ihn, ob ich aus den ganzen Seiten eine Erzählung für mein neues Buch schreiben dürfte. Er sagte einfach nur: „Ja“, mehr nicht und fragte mich, ob man das Buch später in einem richtigen Buchladen kaufen könnte. Ich versprach es ihm.

Mitten ins Herz

Ein Nachwort von Irene Rindje

Als ich die ersten Zeilen dieses Buches las, dachte ich mir, wie mutig ist es, so genau hinzusehen. Der Autor André Biakowski ist in seinen Zeilen radikal und schonte sich selbst beim Schreiben nicht. Er hätte es sich wesentlich leichter machen können, doch in seinen Texten ist kein Platz für Sozialromantik. Er ging das Risiko ein, dass die Grenzen zwischen seinem „normalen" Leben als Autor und denen seiner Protagonisten verschwimmen. Lebte scheinbar selbst die verschiedenen Lebensrealitäten ein Stück mit und setzte so behutsam seine Worte.

Ich bin Schauspielerin und spiele Rollen, die andere geschrieben haben. Meine Aufgabe ist es, mich mit Charakteren zu identifizieren und Rollen aus einem Drehbuch zum Leben zu erwecken. Mein Spielen ist und bleibt immer eine Inszenierung, die an der Glaubwürdigkeit gemessen wird. Wie der Autor in seinen RANDNOTIZEN, frage auch ich mich in den Vorbereitungen auf meine Rollen, wie die jeweilige Figur wohl zu der Person geworden ist, die ich verkörpern soll. Ein Zuschauer sieht nur das Resultat meines Spiels, aber nicht die Hintergründe. Meine inhaltlichen Recherchen. Wie lebt die Figur? Achtet sie auf ihr Äußeres? Welche Fähigkeiten hat sie? Wie ist ihre Sprache? Wortwahl? Wie ihre Art zu denken? Antworten auf diese Fragen finde ich in der Identifikation mit der Rolle. In dem Wechselspiel zwischen genauer Betrachtung und Kreativität in meinem Spielen. Im Reflektieren bisheriger Erlebnisse in meinem „normalen“ Leben. Aus Erfahrungen. So entstehen meine Figuren, die auch immer etwas mit mir zu tun haben. Egal, welche Maske ich trage. In jeder Rolle bin ich immer auch ein Stück Irene. Ich finde es daher bemerkenswert, mit welcher Akribie der Autor hinsieht und mit seinen vorliegenden vier Erzählungen ein Zeichen für Achtsamkeit setzt. Sein Buch ist ein Denkzettel an unser Heute. Eine Verwarnung an jene, die Menschen schnell eintüten, in Schubladen stecken und einen zweiten, tieferen Blick nicht zulassen.

Wenn ich durch Berlin gehe, so sehe ich genau die Menschen, über die der Autor so eindrücklich und exemplarisch schreibt. Die Protagonisten seines Buches leben nicht nur in Stuttgart, sondern auch in Berlin, Frankfurt oder München. Sie sind ein Teil unserer Gesellschaft, auch wenn wir sie übersehen möchten. Armut und Würde dürfen Hand in Hand gehen. Respekt aber darf nichts mit Besitz zu tun haben. Der Mensch bleibt Mensch, auch wenn er am Boden sitzt, Flaschen sammelt, sein Zölibat bricht, weil sein Herz für eine Frau schlägt. Auch dann, wenn er letztlich sogar seinen Körper verkauft. Seine Würde gehört nur ihm.

Beim Lesen dieser vier Erzählungen stellte ich mir eine Frage: Was wäre wenn? Wie hätte sich das Leben vom Matusz entwickelt, wenn er seine Arbeit in Polen nicht verloren hätte? Sein Bruder noch leben würde? In Bosnien kein Krieg gewesen wäre? Wie fragil doch das Leben sein kann. Mitten ins Herz. Ja, wenn die alltäglichen Szenen, in den Unterführungen, am Alex oder in der Straßenbahn uns mitten ins Herz gehen würden, verstünden wir mehr. Nicht mit dem Kopf, der alles bewertet, sondern mit dem Herzen, das nicht fragt, sondern zuerst fühlt.

WEITERE BÜCHER AUS DEM ACABUS|VERLAG

Torkel S Wächter

32 Postkarten

Post aus Nazi-Deutschland

ISBN: 978-3-86282-292-8

EUR 14,90

ACABUS Verlag März 2014

Sabine Adatepe

Kein Frühling für Bahar

ISBN: 978-3-86282-252-2

EUR 11,90

ACABUS Verlag November 2013

Anja Wedershoven

Schürfwunden

Ein Tagebau-Roman

ISBN: 978-3-86282-158-7

EUR 13,90

ACABUS Verlag Januar 2013